VALÉRY BONNEAU

NOUVELLES NOIRES POUR SE RIRE DU DESESPOIR

VOLUME UN
LE GOÛT DE LA VIE

À celles et ceux qui survivent.

Pour Marie Lange.

La dent

Enfin, enfin la chance me sourit. Pas trop tôt. Vingt ans, oui vous avez bien lu, vingt ans que je me balade de scoumoune en scoumoune. A côté de moi, Pierre Richard, c'est un joueur de division d'honneur. J'ai tout enquillé : les rendez-vous ratés, les décideurs qui se lèvent de mauvais poil, le mec qui lit mon roman le jour de son divorce, la femme qui parcourt mon dossier avec une rage de dents. Tout eu.

Mon roman le plus abouti est sorti le 11 septembre 2001. Mon livre sur la tolérance envers les religions a été publié le jour de l'attentat de Charlie Hebdo. C'est simple, je pourrais en faire un roman, tellement j'ai eu d'emmerdes. Vingt ans que j'écris des romans, des pièces, des films. Vingt ans que je me ramasse.

Oh, je vous vois venir : « t'as pas de talent » ! Si seulement je pouvais en arriver au jugement. Mais je me fais toujours jeter avant. Il y a TOUJOURS une merde avant. Toujours.

« C'est de ta faute, la chance ça n'existe pas ». Pas si simple, pas si simple. La chance, ça se provoque, j'en conviens. Et j'ai provoqué, provoqué et je provoque encore. Mais tout ne se contrôle pas.

Ce festival où j'étais invité par exemple. Enfin ! Invité. A un festival. Pour parler de mon premier livre. Que j'avais publié à compte d'auteur, mais quand même. Je passais le samedi. A 14h00. Le bâtiment s'est effondré à midi. Réunion annulée. Je n'avais même pas eu la chance d'être dans les blessés. Au moins, on aurait parlé de moi, mais non, j'étais au bistrot du coin.

Et ce film pour lequel je démarche toutes les maisons de productions. Deux cents manuscrits envoyés. Et je vous parle d'avant internet. Ça coûtait un peu d'envoyer deux cents manuscrits. Une réponse. Une seule réponse mais une réponse quand même. Le mec me reçoit, me dit qu'il aime bien. Me propose de signer. De signer tout de suite. Je dis « oui bien sûr, il faudrait juste que je puisse relire le contrat ». Pas vexé, il me donne le contrat. C'était un vendredi. Je le lis. Tout va bien. Je l'appelle le lundi pour prendre rendez-vous. Une femme en pleurs décroche « monsieur Berry est mort samedi ». Putain, si seulement j'avais signé le vendredi.

Et je pourrais vous citer des dizaines d'exemples. Il y a toujours un truc qui ne va pas. Toujours. Mais cette fois, cette fois, je le sens bien. Vraiment bien. Je vous explique :

Je passe devant une commission qui doit attribuer une bourse d'écriture. Mais attention, pas une bourse de rien du tout, non, un gros projet, sur vingt-quatre mois.

Avec plein de partenaires. Des retombées automatiques. Ils ont déjà validé mon projet. Tout ce qu'ils veulent c'est, comment dire, que je sois un peu photogénique. Parce que c'est un projet internet, y-a des vidéos, alors ils veulent vérifier que je passe bien à l'image. Que je passe dignement. Très important la dignité, ils m'ont dit.

« Mais oui, bien sûr », j'ai répondu. Et coup de pot, pour une fois, je passe bien à l'écran. Et mon sourire aussi, je le sais, j'ai plein de potes qui me l'ont dit. J'ai juste à passer l'audition, à sourire, dignement et c'est gagné, gagné.

Vous allez me dire « rien n'est jamais gagné ». Non, mais si quand même, parce qu'il y a tellement de gens impliqués dans ce projet, de lieux d'exception concernés, d'instituts pleins de thune aux commandes que c'est pas deux ans d'assurés, c'est cinq ou dix même. Sourire dignement. Juste sourire dignement.

Je me rends à mon rendez-vous avec le destin et je ne laisse rien passer : je regarde à gauche, à droite, puis à gauche de nouveau et encore à droite. Je marche lentement, très lentement. Je suis descendu dans le métro comme une petite vieille. Une marche après l'autre. En me tenant à la rambarde. Ne pas me prendre une porte dans la tronche, ne pas me casser la gueule. Les portes du métro s'ouvrent, je vérifie qu'il n'y a pas d'espace entre la marche et le quai. Je suis précautionneux. J'aurais la maladie de cristal, que ce serait pareil. Mais si, le truc qui te transforme les os en verre. Mais pas en pyrex, non ça, ça irait encore, ça se casse pas le pyrex. Non pas de pot, là ça te change les os en verre de flute à champagne. Tu peux le péter avec les lèvres.

Je descends du métro, remonte lentement. Emerge à l'air libre. Je vois le bâtiment. Là. Cinq cent mètres. Cinq cent mètres.

J'avance. Je regarde à droite, à gauche, encore à droite, de nouveau à gauche. J'avance.

Je suis sûr qu'il n'arrivera rien parce qu'il n'y a pas un mais onze responsables de la commission. Et qu'ils décident à la majorité. Que sur les onze, j'en connais déjà cinq qui sont quasiment acquis. Ce serait quand même dingue que les six autres se soient fait larguer dans la journée. C'est possible. Mais non, pas vraiment possible. Même pour moi, ce serait trop.

Quatre cent cinquante mètres. J'avance. Vers mon destin. Vers mon futur. Je passe devant un kiosquier. Je vais parler, je dois avoir l'haleine fraîche. Je me suis lavé les dents ce matin bien sûr, mais on ne sait jamais. Un sourire Hollywood, voilà ce qu'il me faut. J'achète un paquet de chewing-gums. J'en mets un dans ma bouche, je commence à mâcher. Imparable. Rien ne m'arrêtera.

En même temps que je mâche, je sens un truc au niveau de mes dents de devant. Je m'arrête. Je m'arrête de marcher et je m'arrête de mâcher. Je marche plus, je mâche plus. Je transpire. Je transpire à grosse gouttes. Je dégouline de sueur.

13h45 – je marchais, je mâchais, je ne transpirais pas, j'étais bien.

13h46 – je marche plus, je mâche plus, je transpire, je suis mal.

Mes dents de devant, les quatre du haut sont des fausses dents. Ça arrive. Surtout aux malchanceux. Il y a une vingtaine d'années, un soir de beuverie, j'étais tellement cuit que je me suis cassé la gueule la tête la première. Sans mettre les mains. Bim. Une dent cassée, hop, disparue la dent. J'étais bourré alors même pas mal. Je collais une cigarette dans l'espace et ça faisait marrer les potes, ça me faisait marrer. Le lendemain forcément, j'ai moins ri. Une dent avait sauté mais les trois autres étaient bonnes à jeter.

Et là, à 13h46, à quatorze minutes du rendez-vous le plus important de ma vie, il me semble, je dis bien il me semble qu'il est possible qu'une ou plusieurs de ces dents soient restées dans le chewing-gum. Je dis semble parce qu'à l'instant où cette pensée m'a traversé, à la nanoseconde où il m'a semblé possible qu'une ou plusieurs de mes dents se désolidarisent de ma bouche, j'ai tout arrêté : marche, mâche. Je ne suis que sueur. J'attends. Mais il faut bien faire quelque chose. Je ne peux pas rester comme ça. Je dois aller à mon rendez-vous.

Alors je tente, très très lentement, exceptionnellement lentement, avec une infinie précaution de bouche et de langue, je tente d'ôter mon chewing-gum. J'ouvre la bouche, micron par micron, avec toujours cet espoir que bien sûr, après, j'aurai toutes mes dents. Et notamment, les deux dents de devant. Les deux dents du haut. Je passe ma main devant ma bouche. Ma main est trempée de sueur. Mon corps entier n'est plus que sueur. 13h47 et j'ai déjà perdu deux kilos. Deux kilos. Et peut-être deux dents.

Je retire le chewing-gum. Le mets dans ma main en sueur. Et je regarde. Je regarde le chewing-gum. Et j'ai envie de pleurer. Elle est là, ma dent de devant. Ma dent du haut. Pas dans ma bouche. Pas dans ma bouche. Dans mon chewing-gum. Ma dent est dans mon chewing-gum qui n'est pas dans ma bouche. Je passe la langue sur mes dents de devant. Je passe la langue sur mes dents du haut. Et ma langue rencontre un vide. J'ai quarante ans. Si j'avais soixante ou soixante-dix ans, à cet instant précis j'aurais : fait une crise cardiaque, uriné, déféqué et pleuré. J'ai quarante ans, je suis en pleine possession de mes moyens. Lorsque je passe la langue dans ma bouche, sur l'espace vide où est censée être ma dent, je pleure. Je pleure comme un enfant et j'urine un petit peu. Je le sens, j'ai quarante ans, je viens de m'uriner dessus. Pas beaucoup, mais un peu.

Un peu ? Non, je sais qu'on ne peut pas s'uriner un peu dessus. Je viens de me pisser dessus. Je regarde mon pantalon. Il y a une petite tache. Une toute petite tache mais une tache quand même.

J'ai mon chewing-gum avec ma dent dans la main. J'ai une tache de pisse sur mon pantalon. Je pleure et je sue. Il est 13h50. Il me reste dix minutes. Mais dix minutes pour quoi ? Je ne peux pas me pointer dans cette tenue. La tenue encore, je peux peut-être acheter un jean, là, tout de suite. Mais la dent. Je ne peux pas sourire sans ma dent. Ma dent est dans mon chewing-gum, mon chewing-gum est dans ma main.

Vite réfléchir. Arrêter de suer, arrêter de pleurer, arrêter de pisser. Réfléchir. J'appelle mon amie. Elle saura elle. Oui, elle, elle saura. Ma dent dans ma main droite, mon téléphone dans ma main gauche, j'appelle :

– Lucie ?

– Oh j'allais t'appeler, pour te souhaiter bonne chance. Je sais, je sais que ça va bien se passer mon chéri !

Il y a des moments dans la vie où on voudrait avoir plusieurs bouches, que l'autre ait plusieurs paires d'oreilles, plusieurs cerveaux, pour tout dire d'un coup. Pas une chose après l'autre. Parce qu'il y a des moments dans la vie où l'on veut tout dire. Pas une partie, non, tout. Comme on vomit, on voudrait parler.

Mais comme on ne peut pas et qu'il faut bien qu'il y ait un début, ce début est important. Le début d'une phrase est important. Toujours travailler le début d'une phrase. Il peut conditionner les autres phrases. Peut-être qu'il n'y aura pas d'autres phrases si la première phrase n'est pas bonne. Je lance ma première phrase mais je voudrais pouvoir tout dire :

– Je me suis pissé dessus. Je viens de m'uriner dessus. Et j'ai une dent dans mon chewing-gum.

Il y a des moments dans la vie où la première phrase est ratée, mais où vous savez que vous l'avez dite à la bonne personne, à la seule personne qui vous comprendra. La seule. Au moment crucial.

Je vous ai dit que j'étais un poissard ? Depuis dix ans que nous étions ensemble, j'avais souvent entendu Lucie rire. Rire aux éclats. Mais se bidonner comme ça, jamais. Jamais de la vie. A croire qu'elles étaient plusieurs à se marrer là-dedans. J'ai été obligé d'éloigner le téléphone. Et elle riait, elle riait, mais elle riait. Elle essayait de parler, mais elle ne pouvait pas. Elle riait trop.

Je ne pensais pas pouvoir pleurer et transpirer plus, mais si, c'était possible. Les vannes de secours se sont ouvertes. Je pleurais des cheveux, des oreilles, du nez, je pleurais des doigts. Mon costard, gris anthracite, classe, pour montrer à quel point j'étais classc, digne et photogénique, était constellé de taches. La bonne nouvelle, c'est qu'on ne voyait plus que je m'étais pissé dessus. Sauf à penser que je m'étais pissé dans le dos.

Je me suis remis à marcher, machinalement, avec ma dent dans mon chewing-gum, mon chewing-gum dans ma main droite, mon téléphone avec ma copine qui se marrait dans ma main gauche. J'ai avancé. Marché dans la plus grosse merde que j'avais vu de ma vie. A croire que tous les clébards de Paname s'étaient retrouvés pour chier sur les mêmes cinquante centimètres carrés. A ce moment, je passais devant un magasin avec un miroir de pied. Et ce que j'ai vu m'a confirmé que ma chaussure gauche était recouverte de merde. Ma chaussette, même la chaussette dans ma chaussure était pleine de merde.

Mais ça n'avait aucune importance parce qu'au bout de cette chaussure pleine de merde, on trouvait surtout un mec plein de pisse, en sueur, avec une de ses dents dans sa main. J'ai repensé à l'audition, au fait qu'il fallait sourire. Alors j'ai souri. Je me suis souri dans cette glace. Les pieds dans la merde, le costard plein de pisse et de sueur et le sourire édenté. Et là, un mec a pris une photo. Avec son smartphone. Il est parti mais je l'ai entendu dire à son pote :

« P'tain mec, attends, je viens de voir un clochard en costard, tu vas pas me croire. Je le mets sur mon Twitter. Grosse marade mec, grosse marade ».

– Chéri ? Chéri ?

J'entendais mon téléphone. C'était Lucie. Ma chérie. Qui avait fini de rire. Bien sûr. C'était nerveux. Elle criait maintenant :

– Tu vas bien mon chéri ? Parle-moi !

J'ai ramené l'écouteur et je voulais parler. Déclencher de la compassion. Un peu d'amour. Mais j'ai dit :

– J'ai marché dans une grosse merde.

Alors elle a recommencé à rire. Encore plus fort, encore plus nerveusement. La bonne nouvelle : il ne pouvait rien m'arriver de pire. J'ai continué à avancer, en souriant, en pleurant.

Je suis passé au milieu d'un amas de pigeons. Et bien sûr, en s'envolant, l'un d'eux m'a lâché une crotte gargantuesque sur la tête. Une femme passait avec son petit. Elle lui a dit :

« Tu vois, si tu ne travailles pas à l'école, tu finiras comme le monsieur ».

Une autre femme m'a prise en photo. Elle était avec sa copine. Elles allaient me mettre direct sur leurs murs Facebook. Elles m'avaient pris pendant que le pigeon se soulageait sur moi.

14h00, j'entendais toujours Lucie rire. Toujours.

Ma vie était foutue. Terminée. Je n'aurais jamais une autre chance de ce niveau. Je ne me relèverais jamais. Quel support pouvais-je espérer de cette femme. Quel support espérer des autres ? De moi ?

La Seine n'était pas loin. J'ai raccroché. Je me suis dirigé vers le pont d'Austerlitz. C'était un des ponts les plus moches de Paris. Ça m'irait bien.

Le téléphone a sonné. Ce n'était pas Lucie. C'était Jeanne. La femme qui m'avait trouvé le plan, qui faisait partie du jury. Une des onze qui n'attendait qu'une chose : que je sourie dignement.

Pourquoi décrocher ? Pour lui expliquer que j'avais encore tout fait foirer ? Je n'avais rien à perdre, alors j'aurais bien décroché somme toute. Mais quand j'avais parlé à Lucie, je m'étais aperçu que je zézayais. Le fait d'avoir ma dent de devant dans mon chewing-gum plutôt que dans ma bouche me faisait zézayer. Je ne me sentais pas la force d'expliquer à Jeanne pourquoi je zézayais. Pourquoi j'étais en retard.

J'ai sauté.

Bip. « Laissez votre message après le bip ».

« Oui bonjour, c'est Jeanne. C'était juste pour te prévenir que ta malchance légendaire a encore frappé. La réunion a été décalée à demain. Mais pour le reste tout est ok. Je t'embrasse. A demain ».

L'écrivain qui n'écrivait rien

Je n'arrive pas à écrire. Je suis un écrivain qui n'écrit pas. J'écris quelques mots. Quelques phrases. Quelques pages. Quelques chapitres. Mais jamais un livre entier. Jamais. Plus jamais. Pourtant j'aime écrire. J'aime tellement écrire que je ne voudrais faire que ça. Mais je n'y arrive pas. Je suis devenu incapable d'écrire. Incapable d'écrire plus de quinze minutes. J'écris et je fais autre chose. J'écris et je regarde twitter. J'écris et je consulte facebook. J'écris et je vérifie ma messagerie. J'écris et je surfe. J'écris et je n'écris rien. Pas de cohérence, pas de suivi. Ni qualité, ni quantité.

Alors je cherche à débrancher. Je me déconnecte et j'écris. J'écris dans une pièce sans internet. J'écris et je prends un livre. J'écris et je lis un livre. Un livre sur une liseuse. Un livre papier. J'écris et je lis. Je lis et je n'écris plus. Je ne fais que lire. Lire, lire pendant que je n'écris pas. Que je ne conçois pas. Et je m'en veux. Je m'en veux tellement de lire au lieu d'écrire.

Alors je sors de chez moi et je marche. Je marche sans écrire. Je sors de chez moi et je vais dans un endroit sans livre et sans internet. Et j'écris. Et je vais au cinéma. Et je regarde des films plutôt que d'écrire. Et je me sens coupable. Encore à ne pas écrire. Encore à ne pas créer. Encore à subir. Encore à consommer. Au lieu de créer. Je sors encore. Pour marcher. Mais je n'écris pas. Mais je pense. Je pense et je crée. Je crée dans ma tête, mets les mots en place, structure les idées, m'enthousiasme, suis pressé de rentrer, rentrer pour créer, pour écrire. J'arrive chez moi. J'allume le pc. Pour créer. Pour écrire. Quinze minutes. Quinze minutes et je me connecte à internet. Quinze minutes et je tweete. Quinze minutes et je suis sur facebook. Et tout est à recommencer.

Jour après jour après jour après jour. Nuit après nuit après nuit après nuit. Encore et encore et encore. Je suis le Sisyphe de la littérature. Et je n'en peux plus. Je ne me sens plus la force de pousser cette pierre. Plus la force d'essayer encore. Parce qu'il y a trop de distractions. Depuis vingt ans que j'essaye, le nombre de distractions a implosé. Distraction partout, création nulle part. Distraction fixe, distraction portable, distraction partout. Je voudrais créer mais je n'y arrive pas. Je me hais pour cela. Alors je fuis. Je voudrais aller ailleurs, être ailleurs. Mais je ne peux pas fuir. Partout où je vais, je suis. Partout où je suis, je suis le même.

Je ne veux plus penser. Je veux faire le vide. Alors pour faire le vide, je fais le plein d'images, de mouvements. Et je joue. Je joue pour oublier. Je joue à un jeu d'action, je joue à un jeu de réflexion, je joue à un jeu de simulation, je joue à un jeu de stratégie et je n'écris pas.

Et ma tête se remplit de vide et quand ma tête est vide, je sors de chez moi. Je vais marcher. Marcher dans la nuit. Et je pense. Et je crée. Et je suis enthousiaste et je reviens rapidement chez moi. Pour créer. Pour écrire. J'allume le pc. Je commence à écrire. Quinze minutes. Et je me couche. Et je me jure que demain, oui demain, je vais créer, écrire. Plus de quinze minutes.

Je me lève. Je me douche. Je me connecte. J'écris. Et je tweete. Et je vais sur facebook. Et je vérifie mes emails. Et je pleure. Je pleure sur moi. Sur mon incapacité à créer. Sur toutes ces sollicitations qui m'empêchent de créer. Je voudrais tant, tant être interné, pour être dans une pièce blanche : sans téléphone, sans twitter, sans facebook, sans amis, sans jeux, sans livre, sans film, sans bruit. Une pièce blanche. Une machine à écrire. Ecrire.

J'ai demandé à me faire interner. Plusieurs fois. Plusieurs fois. Une fois, on a accepté. On a accepté de m'interner car j'avais menacé de me jeter dans le vide, si on ne m'internait pas. Plus exactement, j'étais sur un toit quand j'ai fait cette menace :

« Internez-moi que je puisse créer, que je puisse écrire».

J'avais hurlé :

« Internez-moi ou je saute ».

Alors ils m'ont interné. Quinze jours. Quinze jours pour écrire un roman. Quinze jours, c'est peu et c'est énorme. Quinze jours c'était beaucoup. Quinze jours pour écrire suffisamment. Quinze jours pour être assez loin dans le processus de création. Quinze jours pour enfin, lancer la machine créatrice. La lancer pour qu'elle ne s'arrête plus.

Ils m'ont interné quinze jours, mais ils ont refusé de me mettre à disposition de quoi écrire. Ils m'ont dit, en souriant :

– C'est le règlement. Pas de PC dans le bâtiment pour les malades.

– Mais du papier et un crayon ? j'ai demandé. Donnez-moi juste du papier et un crayon !

J'ai tenté de leur faire comprendre que cela n'avait aucun sens. Que je ne voulais pas me suicider, que je voulais juste du papier et un crayon. Du papier et un crayon pour écrire. Mais ils ont refusé. « Vous pouvez vous faire beaucoup de mal avec un crayon ». J'ai dit que non, que je ne voulais pas me faire de mal, que je voulais écrire, juste écrire, écrire plus que tout.

– S'il vous plait, j'ai demandé.

– S'il vous plait, j'ai dit.

Ils n'ont rien voulu savoir. J'ai passé quinze jours, sans un livre, sans une image, sans un pc, sans un jeu, sans un film, sans twitter, sans facebook. Quinze jours tout seul, sans amis, sans parents, sans distraction mais je n'ai pas écrit une ligne. Pas une ligne. J'essayais d'écrire dans ma tête mais je n'y arrivais pas. Je ne me souvenais pas. Je ne pouvais pas me souvenir.

Je suis sorti. Ils m'ont laissé sortir au bout de quinze jours. Ils m'ont laissé sortir au bout de quinze jours sans écrire. Je suis sorti il y a une semaine. Et depuis, j'écris quinze minutes, et je me connecte, j'écris quinze minutes et je tweete, j'écris quinze minutes et je vérifie ma messagerie, et je vérifie mon téléphone, et je lis, et je regarde un film, et je joue et je ne crée pas, et je n'écris pas.

Mais aujourd'hui, j'ai eu un éclair. Une illumination. Ils avaient raison à l'hôpital. On peut se faire très mal avec un crayon. Mais on peut aussi se faire du bien avec un crayon. J'ai un crayon. J'ai mon crayon. Je n'ai pas de papier mais ce n'est pas grave. J'ai mon crayon. Je suis face à la glace. Je me regarde. Je regarde mes yeux. Mes yeux. Ce sont mes yeux les coupables. C'est à cause de mes yeux que je tweete, que je vais sur facebook, que je regarde mes messages. Avec mes yeux que je lis, avec mes yeux que je regarde les films, avec mes yeux encore que je joue. Mes yeux. Toujours. Tout le temps. La distraction ne vient pas de l'extérieur, elle vient de l'intérieur. De mes yeux. Mais j'ai mon crayon.

*

"Un homme a été retrouvé en sang chez lui. Il s'était crevé les deux yeux sans motif apparent. Il a survécu à ses blessures, mais restera aveugle."

*

La douleur, la douleur ! J'ai trop mal. Mal toujours, toujours, toujours mal. Cette douleur aux yeux est insupportable. J'écris quinze minutes et la douleur est trop forte, j'écris quinze minutes et je souffre, j'écris quinze minute et...

Une météo particulière

Je suis devenu fou un mardi. Un mardi comme un autre. Un mardi comme tous les autres mardis. Un mardi comme tous les autres jours d'ailleurs, et c'est peut-être pour ça que je suis devenu fou. Je dis fou parce que la police, les médecins, le juge et les experts qui se sont penchés sur mon cas ont, à l'unanimité moins une voix, tous pensé, dit, jugé, validé que j'étais fou. La seule voix à s'élever contre ce diagnostic était celle d'un des gardiens de la paix qui lui, me considérait « complètement con et abruti ».

Aujourd'hui, je suis guéri, totalement guéri. Mais je peux confirmer que je suis devenu fou ce mardi comme les autres. Je ressens encore cette vague de chaleur descendre. Dans tout mon corps. Et une liberté, un sentiment de liberté totale. Quel bonheur. J'étais libre, libre enfin. Je pouvais réagir comme je le souhaitais profondément, et pas comme la société l'avait décidé, pas comme on m'avait éduqué.

Quelle liberté. Quelle minute. Quelles minutes. Parce que ma folie n'a pas duré plus de quelques minutes. Je l'ai laissée me gagner et me posséder plus longtemps pour éviter le casier judiciaire. Mais je vous assure que j'étais redevenu normal, totalement, irrémédiablement normal quand les policiers m'ont fait monter dans le panier à salade. Mais avant. Ah, ces quelques minutes.

C'est ma seule séquelle. Le souvenir de ce bonheur. Comme un drogué, exactement comme un drogué, je suis tenté de revivre ce premier moment, cette première rencontre avec une émotion inconnue. Mais je sais aussi, que tout comme un drogué, je ne retrouverai jamais l'exacte même sensation. La nouveauté ne sera plus là. Il y aura certainement encore un peu de plaisir, peut-être être même beaucoup mais plus aussi intense, plus aussi nouveau. Alors tant pis, je vais rester normal. Bêtement normal.

Quand tout est trop morose, tout est trop prévisible, il me suffit de me remémorer ce moment unique. Un mardi. Je sais que vous ne comprendrez jamais, parce que ce moment est le mien. Que le vôtre, le déclencheur de votre moment, il vous faudra le trouver. Ce qu'il faut savoir, c'est que je déteste, je hais, j'exècre la météo. Je n'ai jamais compris, et dorénavant, j'en ai la preuve, je ne comprendrai jamais, qu'on puisse évoquer la météo. Qu'on puisse s'y intéresser, en parler et même, pire, sommet de l'inconcevable, mener sa vie en fonction de la météo. Et pourtant, je vis dans un monde régi par la météo. Le petit employé qui évolue entre son salon et son bureau qu'il rejoint en RER, pleure des larmes de sang lorsqu'il apprend qu'il pleut. Dehors. Il pleut dehors et ça va lui faire la journée :

– Oh t'as vu, il pleut.

Non, je n'ai pas vu parce que je me fous du temps qu'il fait. Que je ne suis pas SDF et que tant qu'il ne pleut pas dans le bureau, je m'en fous.

Plus tard, pas longtemps plus tard :

– T'as vu ce qu'il tombe !

Non, non je n'ai pas vu ce qu'il tombe. Je suis dedans. Je me fous de ce qui se passe dehors.

– Ça ne va jamais s'arrêter hein.

Si, ça va s'arrêter pour toi, quand je t'aurai passé par la fenêtre. Mais je ne le passe pas par la fenêtre, car je suis normal. Et je ne le frappe pas non plus lorsqu'il ajoute, avec un petit sourire satisfait :

– On est mieux dedans hein ? On est mieux dedans que dehors.

Je serais mieux dans ton ventre avec mon poing à t'arracher les entrailles, oui, mais je me fous du temps qu'il fait dehors.

Le petit employé de bureau, comme s'il n'avait pas assez de problèmes, est triste dans son bureau à cause du temps qu'il fait. Quand il pleut, il pleure comme s'il tombait de l'acide sur lui. Et quand il fait beau ? Quand il fait beau, il est triste car il voudrait tellement être dehors.

– C'est dommage d'être là, enfermé ? Avec le temps qu'il fait dehors.

Ce qui est dommage, c'est d'être enfermé avec un con. Quel que soit le temps. Si ton boulot ne te plait pas, change-le. Pourquoi est-ce le temps qui est triste alors que ce qui est triste, je vais te le dire moi, ce qui est triste, c'est que tu te comportes comme un mouton, un veau, un rebut. Que tu acceptes toutes les humiliations, chez toi, dans le RER, au boulot. Ça, c'est dommage. Mais le temps qu'il fait. Et à quoi bon s'intéresser au temps qu'il fait puisque tous les climats te rendent morose :

– Beau : on est enfermé.

– La pluie : t'as vu ce qu'il tombe.

– Brumeux : tu t'inquiètes comme dans un épisode de walking dead.

– Froid : tu fais « brrrrr » en secouant la tête comme un mauvais acteur de série Z.

– Chaud : tu souffles comme une truie et te plains de tes varices.

Tous mes collègues, de toujours, de toutes les boites, de tous les pays, de tous les âges, m'ont à un moment ou à un autre parlé du temps qu'il fait. Se contrefoutant totalement que jamais, pas une seule fois, de mon existence entière, je n'ai répondu à quelque question que ce soit sur le climat. Jamais.

Et s'il n'y avait que les collègues. Mais la météo semble être le sujet le plus important d'un humain lambda, d'un occidental moyen, très, très moyen. J'ai souvent l'impression de vivre dans un monde d'agriculteurs. Tout le monde s'inquiète du temps qu'il fait tout le temps. S'ils faisaient pousser des vignes, des tomates, ou élevaient du bétail, je comprendrais. Mais non, l'écrasante majorité des mongoliens qui déifient la météo restent dans leur putain de canapé à mater la télé. Ils s'inquiètent d'un évènement qui ne les affecte même pas.

Collègues, famille, amis, relations, tout le monde a un avis sur la météo. Tout le monde souhaite savoir le temps qu'il a fait, le temps qu'il fait et le temps qu'il fera.

J'avais décidé de prendre sur moi. Les collègues, les collègues, on s'en moque. Je les méprisais trop pour m'abaisser à leur répondre, pour m'abaisser à les élever. Je les laissais dans leur médiocrité. Mais la famille, les amis. Pas une journée sans que le sujet ne soit abordé.

Je partais en vacances, si je parlais à qui que ce soit au téléphone, la première question était « il fait quel temps » ? Mais pourquoi, pourquoi me demander le temps qu'il fait, à moi, qui ne supporte pas cette question, qui me moque du temps. Pourquoi ? Je leur ai dit cent fois, mille fois : « je me moque du temps qu'il fait » ! Eh bien, quel que soit l'endroit où j'allais, quelle que soit la personne à qui je parlais, le temps, le temps qu'il fait, venait sur la table. Toujours. A chaque fois. Et ça me rendait fou. Ça me rendait fou jusqu'à ce que je devienne fou. Je leur disais pourtant, poliment au début « tu sais moi, la météo » puis « oui mais le temps qu'il fait, je m'en moque » et « Ça ne m'intéresse pas ». Mais rien à faire. Le sujet revenait toujours, inlassablement, imperturbablement. Encore et encore : « il a fait beau ? », « quel temps il a fait ? », « oh nous on a eu quinze jours de pluie ».

Je ne comptais plus les rendez-vous annulés à cause du temps. « Non, on ne va pas sortir, il pleut trop ». Mais, mais, vous trouvez qu'on ne vit pas assez aliénés, qu'on ne se trimballe pas assez de chaînes pour s'en rajouter, s'en remettre d'autres ? Une petite, une toute petite liberté : ne pas dépendre du temps. Etre indépendant du temps, juste un tout petit peu indépendant, un tout petit peu moins aliéné de tout.

Mais non, tout le monde aime se vautrer dans son aliénation et personne n'accepte que je n'y participe pas. Pourtant j'ai lutté. Jamais ou quasiment jamais, je n'ai répondu à aucune question sur le sujet, je n'ai jamais demandé le temps à personne ou presque. Mais non, ce n'était pas assez. Collègues, amis, famille et commerçants.

Ce sont les commerçants qui m'ont perdu. Les attaques venaient de partout, tout le temps. Impossible d'acheter une baguette ou un rôti sans entendre une banalité. Pas pensable de se réapprovisionner en pinard, si on n'acquiesce pas au « y-a plus de saisons» rituel. Si, il y a des saisons connard, sinon ton raisin serait foutu et tu vendrais de l'eau minérale. Le problème, ce ne sont pas les saisons : de tout temps, il a fait froid, chaud, pas forcément aux moments les plus attendus. Le problème, c'est vous. Vous les abrutis qui oubliez que non, un hiver ça n'a jamais été 90 jours de froid, pas plus qu'un été n'est 90 jours sans pluie. C'est vous, bordel, qui passez votre vie à regarder la météo qui n'êtes même pas foutus de vous souvenir de ce que vous vénérez. Je crois que c'est ça qui m'a perdu.

Je faisais la queue dans une boulangerie assez courue. Beaucoup de monde, beaucoup, beaucoup de monde à attendre pour acheter son pain, sa brioche, sa galette. J'attends. Je ne pense à rien. Je ne pense à rien parce que si je pense à quelque chose, je vais penser à ma femme qui vient de me quitter. À cause de mon caractère. Alors je ne pense pas et j'écoute.

– Une baguette, s'il vous plait

– Et voilà, une baguette bien fraîche. Fraîche comme le temps ahaha.

– Oh ne m'en parlez pas.

Je ne dis rien, j'écoute et je ne pense pas. Parce que si je pensais, je penserais à mon boulot et à mon chef qui vient de me mettre à pied. A cause de ma manière d'envoyer paître tous mes collègues. Alors je ne pense pas et j'écoute.

– Une galette.

– Et une galette bien chaude. Ça vous réchauffera.

– Avec ce temps, ça ne fera pas de mal.

Je ne dis rien, j'écoute. Et je voudrais ne pas penser. Ne pas penser à mon meilleur ami qui s'est tué, sur une route verglacée, un jour de printemps.

– Trois croissants, s'il vous plait.

– Vous avez vu, ils annoncent le même temps. Pour toute la semaine. On en a jusqu'à mardi prochain, ils ont dit.

Je ne pense pas, sinon, je crois que je frapperais cette femme stupide. Cette même femme qui dit tous les jours « ils se trompent tout le temps ». Cette même femme stupide à qui on a déjà expliqué cent fois que personne sur terre ne peut prévoir le temps à quinze jours, personne, jamais. Cette même femme stupide, qui préfère croire aux mensonges qu'à la vérité. Je ne pense pas et j'écoute.

Mon tour arrive. Je ne sais plus ce que je veux. Je ne sais plus à quoi j'ai droit car je sors de chez le médecin.

Le médecin qui m'a indiqué que j'avais un cancer de l'estomac. Pas très grave, il a dit. Il a aussi ajouté : « mais avec l'estomac ». Je commande sans réfléchir :

– Une baguette tradition, s'il vous plait.

Et elle me répond.

– Une bonne baguette bien fraîche. Comme le temps hein. D'ailleurs vous qui voyagez beaucoup, vous revenez pas du Maroc ?

Je n'écoute pas, je ne pense pas. Je voudrais tellement qu'elle ne me dise pas « vous auriez pu nous ramener le soleil dans vos valises». Plus personne, jamais ne devrait dire une phrase comme ça. Quelle idée de lui avoir dit où je partais.

– Si, du Maroc.

– Vous auriez pu nous ramener le soleil dans vos valises.

Je ne suis pas médecin, je ne saurais pas expliquer le pourquoi exact. En le retraçant, je me rends bien compte d'ailleurs que non, ça ne colle pas, l'enchainement n'a rien de logique. Mais sa phrase m'a fait vriller.

– Non, j'ai pas le soleil, mais j'ai la lune sur moi.

Interloquée, elle a souri, mais un peu inquiète tout de même, elle a répété :

– La lune ?

J'ai baissé mon froc et je me suis tourné et lui ai montré mon trou du cul en gueulant « tu la vois la lune, elle te plait la lune, elle est assez chaude la lune ». Les gens ont commencé à quitter la boulangerie, mais il y avait tellement de monde, qu'ils se bousculaient, se bloquaient. Je me suis retourné, j'ai pris mon sexe et j'ai commencé à uriner.

– J'ai pas le soleil, mais j'ai de la pluie sur moi.

J'ai pissé en tournant sur moi-même. Je rigolais. Et les gens hurlaient. J'aurais jeté de l'acide sulfurique qu'ils n'auraient pas eu plus peur. Je n'ai pas souvenir d'avoir autant pissé de ma vie. Je pissais, je pissais. Encore et encore en rigolant. Le patron, ses apprentis sont sortis. Ils voulaient me casser la gueule mais le jet me protégeait.

Du moment où la source s'est tarie, ma situation physique s'est compliquée, mais le fait d'être nu les inquiétait. Ils craignaient de me toucher le sexe, alors ils n'osaient pas y aller trop fort. Ils prenaient des précautions.

C'était il y a six mois. Six mois de repos. Dans un institut spécialisé. Pour les gens comme moi. Six mois à entendre ces connasses d'infirmières me proposer d'aller faire un tour dans le parc « parce qu'il fait beau ce matin ».

Mais aujourd'hui, je vais bien, je vais mieux. Je suis guéri. J'ai repris mes habitudes. Normalement. La vie reprend ses droits, non ?

J'attends. J'attends dans la queue d'une boulangerie. Il y a beaucoup de monde. Ils parlent tous du temps qu'il fait. Il fait très chaud, disent-ils. On n'a jamais connu ça, disent-ils. Je m'en moque parce que je suis guéri et parce que j'ai de quoi refroidir la température. J'ai sur moi de quoi glacer l'atmosphère. La boulangère me demande ce que je veux :

– Une baguette, s'il vous plait.

– Bien fraîche mais pas trop chaude, elle me dit. Avec le temps qu'on a hein.

Je suis normal. Tout va bien. Je lui souris :

– Vous souffrez trop des variations de température. Rassurez-vous, j'ai un remède.

Un enfant de l'amour

Ma femme voulait un enfant. Ma femme voulait donner la vie. Ma femme se mourait de ne pas avoir d'enfant. Je ne pouvais pas lui en offrir. Stérilité totale. Irrémédiable. Irréparable. Stérile de naissance. Pas la faute aux portables près des testicules, à la pollution, à la varicelle tardive ou à n'importe quelle autre cause. Rien à me reprocher dans ma conduite. J'étais né stérile.

Pendant trois ans nous avons essayé d'avoir un enfant. Sans consulter. La première année, l'excitation le disputait à la déception. L'excitation de passer un peu plus de temps en amoureux, à profiter de nous deux. La certitude d'avoir un enfant rapidement nous rendait encore plus amoureux, l'attente était presque plaisante, à peine décevante. La deuxième année, la frustration a pris le pas, suivie rapidement par l'énervement, la colère. La troisième année, le sexe triste, administratif, vindicatif a remplacé tout le reste. Quand nous avons finalement consulté, au bout de trois longues années d'espoirs déçus, de tentatives inutiles, notre couple existait encore, semblait pouvoir surmonter d'autres déceptions. Ma femme fut grande dans la défaite. Jamais, elle ne m'accusa de quoi que ce soit, ne me reprocha mon état. J'étais le coupable, le responsable mais elle parlait de fatalité, elle disait en souriant dans ses larmes « C'est la vie ».

Nous avons pleuré pendant des jours et des jours avant de décider de nous lancer dans l'aventure de l'adoption. Je dis aventure, car il y a des surprises, des rebondissements, des ennemis, des amis et bien sûr, un trésor. Un trésor inestimable à la clef. Et il faut que ce soit un trésor pour endurer tout ce que l'administration française fait subir à ceux qui comme nous, ont le tort de continuer à s'aimer dans la maladie, ont l'affront de vouloir un enfant « quand même ». Les services sociaux dédiés à l'adoption hébergent les êtres humains les plus inhumains, les moins à même de donner la vie, ou de la faire fleurir tant leurs cœurs sont secs, leurs sentiments atrophiés. Ces femmes, car ce sont souvent des femmes, mais les hommes que nous avons croisés semblent faits du même bois, du même marbre froid devrais-je dire, suintent la haine, le mépris, la médiocrité et la petitesse.

Quelle abnégation il nous a fallu. Je le prenais bien, car je me sentais responsable, coupable. Je ne ressentais pas leur acharnement comme une humiliation, mais en bon disciple de la tradition judéo-chrétienne, comme une punition. Une punition juste et méritée. J'avais failli, mon corps était impur, je devais me purifier via une épreuve, certes ridicule, inhumaine, mais nécessaire.

Ma femme au contraire haït cette période, cet affront ajouté à la souffrance, cette humiliation bouillante versée sur les plaies à vif du désespoir. Et plus que tout, cette impuissance la rendait folle de douleur. Car que dire à ces femmes qui, d'un mot, d'un trait, d'une rayure de crayon pouvaient assassiner notre rêve d'enfant à venir. Il nous fallait courber la tête, sourire à l'insulte. Impossible de gifler cette femme qui, nous regardant dans les yeux, nous demande « si nous avons vraiment tout essayé, si ma femme n'accepterait pas une fécondation in vitro. Ou de coucher avec un ami » ? Quelle grossièreté, quelle vulgarité et quelle indélicatesse. Si tel avait été le cas, il y a longtemps que nous aurions eu recours à cette méthode. Ma femme et moi étions et sommes toujours catholiques pratiquants. L'avortement, la fécondation in vitro étaient trop éloignés de nous. Je ne pose d'ailleurs pas les deux sur le même plan, je sais que beaucoup de nos proches n'ont pas compris nos réticences. Nous avons perdu des amis à cause de cela. Des années et des années à discuter de ce sujet, à désespérer, à souffrir quand certains voyaient la solution sous nos yeux : « Allez, décoincez-vous. Juste une soirée, vous payez un escort boy, de luxe, un beau avec du charme et de la conversation et vous n'avez plus de problèmes ». Je l'avoue, j'ai blâmé mes amis pour oser proposer de telles horreurs, et j'ai blâmé la religion, dieu, pour m'empêcher de considérer ces options. Ma femme a parfois envisagé la possibilité d'en discuter. Elle tentait des petites approches; approches que j'ignorais. Je me sentais coupable, mais on ne peut pas tout renier au nom de la culpabilité. Moi, François de la Tour Dupin, j'allais laisser ma femme coucher avec un vulgaire prostitué et en faire mon héritier ? Impossible. Inconcevable. Mais ces considérations, loin de nous rapprocher nous éloignaient. De nous, de nos amis et même parfois, de nos familles.

Nous nous sommes vus refuser la première demande d'agrément. Non la France ne nous jugeait pas dignes d'adopter un de ses enfants. Quel camouflet ! Quelle humiliation ! Un an de perdu, un an de plus à faire la demande, un an à subir encore ces robots de l'assistance.

Quand l'agrément est venu, la guerre des associations a commencé. Car la vérité est, qu'en France, il est impossible d'adopter un enfant français de moins de quinze ans. Toute la chaine d'adoption est tenue par des êtres dénués d'amour. Des êtres qui semblent totalement hermétiques à la détresse des adultes mais plus encore au besoin d'amour des enfants. Il y a là un mystère que je ne m'explique toujours pas. En France donc, pour espérer adopter, il faut se tourner vers les associations qui sont en contact avec d'autres pays. Une association couvre un pays ou une zone en particulier. Il y a des listes d'attente infiniment longues, des obstacles surgissent de partout. Les règles changent tout le temps. Au gré du pays étranger, de la France, des relations entre ces deux pays, de la crise. Les raisons qui peuvent faire échouer une adoption sont légion. Le choix du pays est primordial et très engageant. Car on ne peut pas s'inscrire partout.

Nous avions opté pour la Colombie. Beaucoup d'enfants, en bas âge, et un système de vérification sur la santé très fiable. Bien sûr nous avions des scrupules et ma femme et moi avons passé de nombreuses heures à discuter avec le curé de notre paroisse. Faisions-nous le bien ou le mal ? Dieu était-il avec nous ou contre nous ? Nous avions tranché mais sans certitude, avec toujours le doute en nous, le doute affreux, déchirant.

Si les institutions administratives françaises sont aux mains de sans-cœur, les associations qui gravitent autour regorgent de femmes et d'hommes, mais ce sont surtout des femmes, dont la bonté et le dévouement font honneur à l'humanité. Je ne m'explique toujours pas ce décalage. J'aimerais le comprendre mais j'ai accepté il y a longtemps que je devais laisser une part à Dieu.

Suivirent des mois, des années de négociations. Nous recevions des dossiers d'enfants, avec des photos. Quelle souffrance de voir ce petit être, de penser que peut-être, il ou elle sera notre enfant, ou peut-être pas. Qu'il ne faut pas se projeter car qui sait : la procédure peut achopper, l'enfant être malade. Des mois et des années. Sans rien. Sans rien d'autre que l'espoir qui s'amenuise, s'épuise, l'aigreur qui se répand. Des mois, des années.

Ma femme supportait de moins en moins bien la situation. Le renouvellement de l'agrément lui était devenu une torture. L'espoir lui semblait un mensonge, l'avenir un tunnel sans fin. La religion, même la religion lui pesait. Elle n'y trouvait plus le salut, n'y voyait que la contrainte, le carcan. Je pense qu'elle m'aurait, in fine, quitté pour un autre homme, ou aurait proposé cette fameuse fécondation in vitro mais son corps l'avait trahi également. Elle avait dû se faire opérer et retirer l'utérus. Nous étions deux corps sans vie désormais. Pour le pire et le meilleur, je restais sa seule option pour avoir un enfant mais l'amour, l'amour lui s'était tari.

Et puis un jour, un jour pourtant, je rentrais du travail et elle courut vers moi :

– François, François, j'ai trouvé une solution. Nous

allons l'avoir notre enfant !

Elle pleurait, elle reniflait. Je ne comprenais pas, je ne comprenais absolument pas comment elle pouvait avoir trouvé une solution à notre problème. Nous parlions d'un enfant... Ses explications étaient confuses mais à force de patience, de questions, je compris qu'une nouvelle association allait s'ouvrir. Avec un lien direct avec la Syrie. Nous aurions un petit Syrien ou une petite Syrienne. Il nous suffisait de dire oui. J'étais aux anges. Heureux.

Je passais la journée du lendemain à discuter avec notre curé. Comment était-ce possible qu'un si grand malheur puisse créer un si grand bonheur. Était-ce juste de se réjouir malgré tout ? Notre curé n'avait pas de réponse, comme souvent. Mais après tant d'années à espérer, à attendre, ma décision était prise. Nous aurions cet enfant.

Nous nous sommes occupés des papiers, avons repris toutes les démarches. Tout se passait correctement, sans accroc. Les gens de l'association étaient des Syriens réfugiés politiques qui avaient encore beaucoup de connaissances, de contacts au pays. Rapidement, nous avons reçu un dossier, validé. Un petit bébé de neuf mois. Le plus adorable des bébés de neuf mois nous attendait. Une petite fille. Une seule difficulté, la récupérer. La récupérer sur place. Ce qui me paraissait totalement impossible s'est avéré assez simple. Un vol Paris Beyrouth, une jeep et un garde du corps, un réseau de passeurs entre le Liban et l'ouest de la Syrie. Aller-retour, sans risque. Enfin pour cette région.

Avant de partir, je suis passé voir le père Simon. Pour le rassurer et pour qu'il me rassure. Les risques étaient aussi calculés et maîtrisés que possible mais dans cette région, qui peut dire ce qui arrivera. Il m'a pris la main : « Mon fils, tu fais ce que ton cœur te dit et Dieu est dans ton cœur. Tu ne peux pas être dans l'erreur absolue... Va».

Je n'étais jamais allé au Moyen-Orient. Je n'ai rien vu de Beyrouth ou presque. J'ai posé mes valises à l'hôtel et retrouvé mon contact. Un homme, d'âge moyen, de corpulence moyenne. Un homme moyen, ni trop grand, ni trop petit, surement idéal pour se fondre dans la masse. Nous sommes montés dans son quatre-quatre et avons commencé à rouler. Quelques heures à rouler. Il n'y a que soixante-dix kilomètres entre Beyrouth et la frontière syrienne. Si l'on peut parler de frontière. Nous avons bifurqué, abandonné la route principale pour remonter au nord. Un peu plus sûr selon mon guide qui parlait très bien français. Encore quelques heures de route et nous nous retrouvâmes en Syrie. À quelques kilomètres de la frontière. Devant une maison délabrée, mais pas détruite, mon guide s'est arrêté, est descendu, m'a demandé de le suivre.

À l'intérieur de la maison, une dizaine d'hommes. Armés. Inquiétants. J'ai voulu dire bonjour mais personne ne s'intéressait à moi. Un des hommes armés s'est dirigé vers notre guide, ils ont parlé en Arabe, puis l'homme a fait un signe. Quelques secondes plus tard, un sbire a amené un bébé. Un bébé magnifique. Enfin, après toutes ces années, toutes ces souffrances, toutes ces humiliations, enfin, nous étions au bout du chemin. Dieu ne nous avait pas abandonnés. Nous allions pouvoir nous aimer encore, de nouveau, plus fort peut-être grâce à ce bébé, ce magnifique bébé. Ce bébé qui donnait un sens à tout.

L'homme a remis le bébé dans les bras du guide. J'ai immédiatement demandé au guide de me le passer mais l'homme armé s'est interposé. M'a bousculé. Je suis tombé. Ils ont ri. Fort. J'ai pensé à une coutume locale, une sorte de bizutage. Ou peut-être, une petite vengeance contre ce blanc qui vient « voler leurs enfants ».

Je me suis relevé, j'ai tendu les bras de nouveau pour prendre le bébé, mon bébé, notre bébé. L'homme m'a alors frappé en plein visage. Je suis tombé de nouveau. Paniqué, j'ai prié, prié Dieu de toutes mes forces, prié Dieu de m'envoyer un signe. Une explication. L'homme armé m'a frappé encore plus fort. J'ai imploré le guide.

– Que se passe-t-il, je ne comprends pas ?

Il m'a regardé avec mépris, avec un mépris infini et a ajouté :

– Vois avec ta femme.

Il est parti avec le bébé. Me laissant à la merci de ces hommes. C'était il y a trois mois. J'ai appris plus tard, bien plus tard, que cette nouvelle association ne faisait pas dans l'humanitaire. Ils promettaient des bébés contre des sommes très importantes. Des sommes que nous n'avions pas. Mais un otage, un otage blanc, français, avec la politique en matière d'otage de la France, cela avait de la valeur. Ma femme avait négocié notre enfant, son enfant, contre moi. Elle me l'avait pourtant dit, lorsque je refusais toute porte de sortie que Dieu n'aurait pas voulue : « Je crois que je serais prête à n'importe quoi pour avoir un enfant ».

Un mal de chien

Je déteste les chiens. J'ai toujours détesté les chiens. Je crois que la seule chose que je déteste plus que les chiens, ce sont les propriétaires de chiens. Existe-t-il une forme de vie plus basse que celle du propriétaire de chien ? Parce que le terme de propriétaire est important. Ces cons possèdent des chiens. Ils sont à eux. Mon chien par ci, mon chien par là. Ils possèdent et ils dressent des chiens. Ils en font leurs esclaves. Leur personnalité doit être méchamment mal branlée pour qu'ils en soient réduits à assouvir un besoin de domination sur un animal aussi stupide, servile que le chien. Ils auraient des panthères ou des ours encore, mais des chiens !

Non, mais écoutez-les parler de leurs clébards « Comme il est intelligent, regardez, il va faire le beau, oui, oh il m'aime ».

Se vanter qu'un chien vous obéit revient à se la raconter parce qu'on a réussi à empêcher une huître de se barrer. Les chiens sont des esclaves dans l'âme. Des oncles

Tom de la race animale. Pas besoin de pousser beaucoup pour qu'ils acceptent d'écouter leur nature.

Non, je vous le dis, les chiens et leurs maitres sont les résidus de l'humanité. Enfin, plus les maitres que les chiens bien sûr. Les chiens sont la honte du monde animal. Encore que techniquement, les humains soient des animaux. Chiens et propriétaires de chiens sont les formes de vie les plus basses de la planète Terre. Voilà.

Je déteste les chiens. Je détestais tellement les chiens, que lorsque l'un d'eux venait se frotter à moi, je ne pouvais pas m'empêcher de lui coller un coup de pied. Mais j'ai eu tellement d'ennuis, que j'ai dû changer de technique. Je prends sur moi. Je ne les frappe plus, je leur offre des bonbons. Vous savez ces petits gâteaux ridicules en forme d'os. Non, mais est-ce possible de manquer à ce point de respect de soi-même. Toujours est-il que je leur en offre. Après les avoir enduits de laxatif. Ah ! ce que je me marre en pensant au bordel que foutent ces clébards en rentrant chez eux. J'habite en ville alors peu de chance que ces clebs dorment dans la cave ou le jardin. Non, ils doivent redécorer le salon de leur papa ou de leur maman et dans les grandes largeurs ! Pour éviter qu'on ne m'attrape, je change les saveurs. Parfois je mets des trucs qui accélèrent le rythme cardiaque, ou des vitamines qui les rendent hyperactifs, ou des somnifères à faire tomber un bœuf. Les abrutis de propriétaires ne font jamais le lien. Ah, je me marre. Je me marre.

L'idéal, ce serait que tous les chiens meurent. Tous, comme ça. Surtout que vous pouvez regarder sur une encyclopédie. À peu près toutes les formes de vies, hormis l'homme, sont utiles à la planète, à la nature : les vers de terre, les guêpes, même les rats ont un intérêt dans l'écosystème. Mais les clébards. Supprimez tous les clébards de la planète, là, d'un coup. Ça changera quoi ? Bah rien. Rien de rien de rien. Au contraire. Moins de fabrication de bouffe pour cette sous-race, moins de pollutions, plus de temps et d'argent pour les vrais problèmes.

Je rêve, je rêve, tous les jours, d'un monde sans chien. Si seulement, si seulement je pouvais éradiquer toutes ces merdes. Ah ! mon Dieu, mon Dieu, aidez-moi, envoyez-moi un signal, un tout petit signal. Vous qui avez autorisé les massacres, les viols, les mutilations de tant de personnes innocentes, vous ne pouvez pas me refuser un petit génocide de rien du tout. Il y a à peu près un milliard de chiens. C'est beaucoup d'un coup, mais la vie d'un chien ne représente rien à côté de celle d'un humain. Un centième, même pas. On parle de quoi, pfff, un million. Vous avez fait pire. Mon Dieu, je vous adresse cette prière, solennellement, aidez-moi, aidez-moi, je vous en supplie. Je me répète cette prière et je m'endors du sommeil du juste.

*

Je me sens bizarre. Très bizarre. Mon corps m'envoie des signaux très surprenants. Inconnus. Je crois que je fais une attaque cardiaque. Mon palpitant bat la chamade, je n'entends que lui. Boum boum boum boum. J'ouvre les yeux. Bon dieu, je n'y vois plus clair, je fais un AVC, c'est sûr. Où est passé le rouge, je ne vois plus le rouge ? Et je suis où d'ailleurs ? Qu'est-ce que je fous au pied de mon lit ? Mais ce n'est pas mon lit ! Pas grave, j'ai trop mal. Je vais me coucher dans ce lit. Je n'ai qu'à me lever et. Et. Je suis debout, mais je suis toujours au pied du lit. J'ai rétréci ou quoi ou... J'ai quatre jambes ? Oh mon dieu, mais, je regarde partout, je me regarde, je m'observe, je suis, je suis un clébard. Je suis un putain de clébard. Non, oh, cette peur, je fais un cauchemar. Ahahaha, ce que j'ai eu peur ! Allez, une petite claque et je me réveille dans mon lit. Il n'y a qu'à attendre. Tiens je me recouche. Au pied du lit s'il le faut, ce n'est qu'un cauchemar. Le pire cauchemar qui soit, mais un cauchemar.

Je ferme mes yeux de chien. Mais je n'arrive ni à m'endormir ni à me réveiller. Le sang explose dans mes oreilles. Et puis toutes ces odeurs, c'est insupportable. Mon odeur surtout. Comment font les chiens pour supporter leur odeur infecte.

Je dois me rendormir, enfin me réveiller. Je ne supporte plus ce rêve. Je suis sûr qu'Adolph Hitler a fait le même genre de rêve. Il se réveillait dans la peau d'un juif à Dachau. Je sais que je vais me réveiller, j'espère juste que ce ne sera pas dans un bunker de Berlin en 1945.

Ça ne passe pas. Trop perturbant. Je sens ma queue. Je n'ai jamais eu de queue, ça n'a aucun sens. D'où je sens une queue. Ah, ça frétille, ça m'énerve. Ça m'énerve. Saleté de queue, arrête de frétiller. J'essaie de l'attraper. On ne sait jamais. La douleur s'atténuera peut-être. Ce n'est pas à proprement parler une douleur, je pense que c'est pire. Une gêne. Comme une envie de se gratter. Ah, je n'y arrive pas. Cette satanée queue est trop courte. Merde. Je tourne à m'en donner le vertige.

– Regardez-le s'amuser !

Qu'est-ce que c'est ? Qui a parlé ? Qui a hurlé ? Oh bordel, mais je dors dans une enceinte. Je vais me réveiller sourd. D'ailleurs, je vais me réveiller quand ? Ce cauchemar commence à durer. C'est plus un cauchemar, c'est « Plus belle la vie », ça n'en finit pas. Je n'ai pas souvenir de cauchemar aussi réaliste, aussi long. Si seulement j'arrivais à penser droit, à penser tout court, je me souviendrais bien d'un moyen de sortir d'un cauchemar. Mais avec ce palpitant à deux cents à l'heure, toutes ces sensations irritantes, cette queue, cette putain de queue et ces odeurs, sans parler de ces couleurs qui ne ressemblent à rien. Et ce bruit.

– Il est tellement mignon.

Je lève la tête. La voisine du troisième. La connasse de voisine du troisième qui me braille dans les oreilles. S'il y a des Oscars du cauchemar le plus réaliste, je vais gagner. J'ai déjà gagné. Tout y est. Le bruit et l'odeur, les sensations, la peur. Et la durée. La putain de durée.

– Allez, viens faire un bisou à maman.

Oh bordel. Ce cauchemar est sponsorisé par la caméra cachée, je ne vois que ça. Elle s'approche cette conne. Mais, mais, elle pense vraiment que je vais lui lécher le museau cette grosse vache.

Oh, mais après tout c'est mon cauchemar, j'en fais bien ce que je veux. Je vais lui arracher le groin à cette truie. Tiens.

– Ah ! Ah !

Ahahah, j'ai failli lui choper un bout de nez. Je suis pas encore au point avec cette mâchoire, mais ça va venir. Ahahah. Ce pied. Allez, viens refaire un bisou maman.

– Ça va madame ?

Tiens, manquait plus que lui, le voisin du second. Qu'est-ce qu'il fout là ?

– Je vais vous aider. Laissez-moi regarder ? Non, plus de peur que de mal.

– Mais c'est la première fois. Oh mon petit kiki. Il a surement un problème.

– Allons, laissez-vous aller. Je connais un très bon moyen d'oublier.

– Oh, allons, espèce de gros vicieux.

Mais il la pelote. J'en reviens pas. Il va se la taper. Devant moi en plus. Non, mais ne vous gênez pas. Bande de porcs. Ordures. Je vais... Non, je vais attendre. Attendre qu'il soit à poil et si j'arrive à lui mordre le cul. Ah, non, il reste habillé. Mais il commence à la... non, je me casse. Je vais vomir.

Je me balade dans cet appartement. Dans la cuisine, il y a une écuelle. Je m'approche. L'odeur me vrille le cerveau. De la bouffe oubliée depuis deux mois dans un évier ne sentirait pas plus mauvais. Je vais vomir. Je vomis. Ah mais, je vomis dans l'écuelle. C'est encore pire. Oh et toutes ces sensations me donnent la gerbe, je vomis encore plus. Ça me tire au cœur. Déjà que le palpitant tournait à deux cents, je dois être à quatre cents. Je vais caner. Je vais caner comme une merde au-dessus de cette écuelle de pâté-vomi. Vie de chien, vie de merde.

Quand je reprends un peu mon calme, je lève la tête et je maudis ce dieu. Je lui demande un petit génocide et il me réincarne en clebs. Et Hitler alors, t'aurais pas pu le réincarner en juif avant qu'il fasse ses conneries !

Non, je délire. Qu'est-ce que j'ai bu ou mangé hier avant de me coucher ? J'ai dû prendre une saloperie. Je délire, c'est obligé.

Oscar du cauchemar, ça sonne bien à raconter, mais à vivre, je ne le souhaite à personne. À personne. J'ai le sentiment, non, la certitude, que je suis un chien depuis quoi, quinze minutes. Même dans mes pires cauchemars, cette notion du temps a toujours été diffuse, confuse même.

La seule idée qui m'empêche de devenir complètement barge, c'est que tout ce qui se passe est tellement fou, que ça ne peut sortir que de mon cerveau. Ça ne peut pas être vrai.

Oh, mais quel vacarme. J'entends les hurlements de la grosse comme si j'étais dans son lit. Avec cette ouïe de compétition, ses râles me vrillent les tympans, et vont me refiler la gerbe. Je dois sortir. Mais comment sortir ? Je fais trente centimètres de haut, trente putains de centimètres de haut. Ça n'existe pas ça. Attends, si je me mets sur mes pattes arrière ? Super, je fais cinquante centimètres. J'étais un nain qui rampe, je suis un nain debout. Génial. Pour ouvrir la porte par contre, faudrait que je trouve un autre nain sur lequel monter.

Je lève la tête en direction de la poignée de la porte d'entrée et c'est bien simple, la poignée est une de ces horribles boules. Même si j'atteignais ce truc, je ne pourrais pas l'ouvrir avec mes mains mouflées. Je regarde mes mains, enfin mes pattes, et on dirait des chaussettes roulées en boule. Je renifle et beurk, elles en ont l'odeur aussi. Pas question de se tirer tout seul. Je dois attendre que la grosse ait fini de se faire troncher.

Je ne me souviens plus, son clébard, elle le promenait sans laisse ? Ah je ne sais plus ! Il venait toujours me renifler, mais les maîtres de clebs sont tellement persuadés que tout le monde adore se faire tripoter par un clébard que, même en laisse, ils ne les empêchent pas de s'approcher de vous. Pire, ils les y poussent : « Va dire bonjour au monsieur », « Tiens fais un bisou à la dame ». Pourquoi ai-je supporté ces cons aussi longtemps ?

Dès que je me réveille, je refais mon vœu : mon dieu, aide-moi à buter les propriétaires de clebs. Je t'en prie. Tous. Tous, ça fait quand même un paquet. S'il y a un milliard de clébards, on doit pas être loin des cinq cents millions de maitres. Cinq cents millions de victimes, le père dieu risque de trouver que c'est beaucoup. Cinq cents millions de morts, d'un coup, ça ferait un vide. Vu le nombre de vieux, les trous de la sécu et du régime des retraites seraient rebouchés dans la seconde mais pas sûr que l'argument suffise au très-haut. Quand même, quelle aubaine ; dans la même fournée : chiens, proprios de chiens et vieux. Fini les problèmes de chômage.

Mais qu'est-ce que je raconte, bordel, je suis un chien pour l'instant. Si on butte les chiens, on va me butter aussi. Sauf si je rêve. Comment savoir si je rêve. Je peux pas demander à ce qu'on me pince. Par contre, je peux me cogner contre la porte pour voir si j'ai mal. Ah oui, ça devrait marcher.

Je n'ai qu'à reculer. Ah merde, comment on recule avec ces pattes. Ah, on ne peut pas. C'est bien la peine d'avoir quatre pattes, je n'arrive même pas à reculer. Ah merde, je suis tombé. Bon, faut oublier le recul. Tant pis, je vais tourner comme un con sur moi-même. Je me sens ridicule pendant la manœuvre mais au moins je suis dans le bon sens maintenant. Allez, je prends mon élan et je me jette contre la porte.

Je suis trop con, j'avais pas besoin de reculer ou de me tourner, j'aurais aussi bien pu me jeter contre n'importe quel mur. Oh c'est pas un rêve, maintenant j'en suis sûr, je suis en train de devenir aussi con qu'un clébard. Je vais me jeter contre le mur mais pour oublier. Allez, au galop. Ah merde, putain de carrelage, ça glisse. Faut pas que j'accélère trop vite. Je recommence. Allez, plus vite, oui, oui, le mur.

Oh, merde ! Oh merde, c'est pas un rêve. Je viens de me démettre une épaule. Comment on appelle ça d'ailleurs une épaule de clebs ? Quelle douleur. Oh mon dieu, ce n'est pas un rêve. Je voudrais mourir.

– Qu'est-ce qu'il a mon choupinet ?

Argh, vision de l'enfer, la grosse vient de me prendre dans ses bras, encore à moitié à poil. Elle me pose sur ses grosses loches, ah, je vais regerber. En plus, elle me fait mal là. Comment lui faire comprendre ? Je vais pas lui rebouffer la gueule, elle va finir par se fâcher. Mais si elle m'embrasse, je vais vomir. Elle m'embrasse. Je vomis. Ah la conne, elle me lâche. Pas de panique, je vais retomber sur mes pattes.

Oh putain, sur le dos, elle m'a lâché sur le dos. Pourquoi je me suis pas retourné pour tomber sur mes pattes ? Quel con, ce sont les chats qui se retournent. Mais oui, les chats, ils sont moins cons que les chiens, dix fois moins cons. Pourquoi je me suis pas transformé en chat.

– Hou le méchant chien chien qui vomit sur maman.

– Bon, je vais y aller moi.

Manquait plus que lui.

Ah mais s'il se casse, je peux sortir aussi. Mais pour aller où ? Et dans mon état. À ce rythme-là, je serai tétraplégique dans deux heures. Non, je dois me poser. Réfléchir à un plan. Tiens ça se dit d'ailleurs tétraplégique pour un chien ? Si je pouvais accéder à internet, je regarderais. Mais avec mes chaussettes, je dois pas pouvoir taper autre chose que « fsjhjfks » ou « kcznicz ».

— Tu t'en vas déjà, mais attends, je vais me laver, j'en ai pour deux secondes et tu pourras recommencer à me crapoter la mignardette.

Cette fin de phrase répugnante, je l'ai entendue, comme tout ce que j'entendais, puissance dix. Comme braillée dans un mégaphone. Je ne tenais pas à savoir ce qu'était une mignardette, ni ce que le terme crapoter pouvait signifier en l'espèce. Je voulais me réveiller.

— Non mais là, j'ai plus très envie.

— Demain alors ?

— Voilà, demain ma grosse cagette.

— Oh gros porcinet va.

Ces dialogues hurlés me paraissaient finalement moins obscènes que si je les avais entendus à leur vrai volume : susurrés. Non mais peut-on sérieusement susurrer, tendrement, « grosse cagette » et « porcinet ». Personne ne dit ça, nulle part, ça n'existe pas. Mais qu'est-ce que c'est que cette réalité de merde. Je ne sais pas qui est responsable mais je ne vais pas supporter cette blague très longtemps.

Le porcinet ouvre la porte pour sortir. Je pourrais me faufiler, mais je dois me refaire une santé. Faut que la grosse m'emmène chez le véto. Elle peut bien faire ça. Visiblement, elle comprend que dalle alors je vais devoir gueuler. Je gueule et me perce les tympans. Non seulement je braille fort mais comme je ne maitrise pas encore bien mes nouvelles cordes vocales, on dirait vraiment que je chante faux. Insupportable. La grosse ressort de la salle de bain, toujours plus ou moins à poil. Je continue à brailler.

– Mais alors, il a quoi le choupinet ?

Je gueule de douleur, je gueule de colère, je gueule de désespoir. Elle commence à flipper. Oh mais, mais qu'est-ce qu'il y a ? Je continue à gueuler pendant quinze minutes avant que madame daigne m'emmener chez le véto. Elle me fout dans un panier cette conne. Mais qu'est-ce que c'est que cet instrument de torture. Je fais, à vue de pif, trente centimètres de haut pour cinquante de long et vingt de large. La boite fait trente et un centimètres de haut, cinquante et un de long et vingt et un de large. Cette salope a sa petite prison portable. Et comme un con, j'y suis entré de mon plein gré. Bon, suffit de prendre mon mal en patience. Ça ne peut pas durer toute la vie. Je vais chez le véto, il me soigne, je me remets et demain ou après-demain, je me casse de chez la grosse.

Mais pour faire quoi ? Si je reste un chien, qu'est-ce que je peux bien faire ? « Si je reste un chien », non, je ne peux pas envisager de rester un chien.

Le trajet est un calvaire, j'ai mal, ça me gêne, me gratte, je ne peux même pas m'allonger, enfin me poser. Et puis j'ai envie d'aller aux toilettes. Je ne vais quand même pas me pisser dessus. Il me reste un semblant de dignité. Je suis un chien peut-être mais pas une merde.

Tiens, quelle sorte de chien je suis au fait. Je n'y connais rien. J'ai toujours détesté tous les chiens, sans exception, sans distinction.

Oh, je voudrais pleurer. Mais je n'y arrive même pas. Ces cons de chiens ne peuvent pas pleurer. Merde ! Merde, merde !

On arrive enfin chez le véto. On poireaute. J'ai mal. J'en ai marre. Elle me pose sur la table du véto. Quelle grosse gueule de con il a lui. Non, mais quelle sale tronche. Si j'avais pas si mal, je lui mordrais la gueule.

— Alors il a bobo le chien chien ?

Il me parle comme à un débile. Abruti de véto. Aie, il me fait mal, mais merde, j'ai mal ! Je gueule, j'aboie.

— Tatatata, il a mamal à sa papatte avant ? Et quand je tapopotte sa papapatte arrière, il a mamal aussi ?

Je m'en fous, je le mords, il est trop con. Tiens. Ahahah je serre bien le bras, ahaha si je tire je dois pouvoir lui arracher un bout de muscle.

— Oh le con ! Connard de clébard !

Aie. L'enculé, il m'a mis une tartine.

— Ah madame, ça ne va pas ! Je ne soigne pas les chiens enragés moi, ni les corniauds.

— Mais je ne comprends pas docteur. Enfin vous le connaissez, il a toujours été doux et gentil.

— Oui eh bien là, je le trouve surtout agressif et méchant. Non, mais regardez-moi ça !

Bien fait pour ta gueule. Je ne sais pas ce qui me retient de le remordre cet enculé. Ordure.

— Regardez-le, il est prêt à mordre là. Il a l'air mauvais comme la gale. Bon, je l'endors.

Il sort une seringue. Je le laisse faire, en espérant avoir moins mal en me réveillant. Et espérant surtout me réveiller dans la peau d'un homme.

*

Quel cauchemar. Ce que j'ai eu peur. Oh ! Qu'est-ce que c'est tout cet osier ? Oh merde, je suis dans un panier en osier. Quelle merde. Je suis encore un clebs. Mais merde. Merde !!!

Je, oh, je, j'ai moins mal. C'est déjà ça. Ah, oui, je me sens mieux. Je vais pouvoir me barrer d'ici.

Sortir mais pour aller où, faire quoi ? Qu'est-ce que je peux faire en tant que chien ? Je ne peux rien faire. Il n'y a pas de quête. Dieu n'attend quand même pas que je devienne un putain de gentil chien, ni que je me mette à les aimer. Si c'est le cas, ça risque de durer longtemps. Je déteste les chiens et j'entends bien continuer et, et, ah merde, je me suis pissé dessus d'énervement.

– Oh, mais il s'est fait pipi dessus le choupinet, il aurait dû demander à manman de sortir bébé.

Oh putain, non, pas la grosse. Je vais pas tenir. Si elle me refrotte une seconde contre son saindoux, je fais un malheur.

– Maman va laver le chien chien.

Et allez, en route pour la salle de bain.

– Allez dans la baignoire le choupinet.

Ah, ça fait du bien. Je lui boufferais bien le nez, mais ça fait du bien cette flotte. Ah. Je me sens mieux. Mais ? Mais qu'est-ce qu'elle fout cette conne ? Elle se désape. Pourquoi elle entre dans la baignoire.

– Choupinet va être un gentil chien chien maintenant hein ? Il va être gentil comme avant avec maman.

Je ? Dieu ? Allo, Dieu ? Je retire tout ce que j'ai pensé. Je n'étais plus moi-même. J'ai dû faire un AVC ou un malaise ou je ne sais quoi, mais visiblement j'avais perdu le sens commun. Dieu, s'il vous plait. C'est maintenant que j'ai besoin de vous là.

– Allez, il a faim, ça fait longtemps qu'il a pas crapoté la mignardette à maman.

Y a quelqu'un ? Putain de bordel de merde, si tu m'obliges, dans le corps d'un chien, à crapoter la mignardette de cette truie, avec l'odorat que je me tape, je te préviens que ça risque de mal se danser. Je vais créer une guerre de religion là. Putain, non, non, putain. S'il vous plait.

– Oh oh, il est tout énervé. Ça lui avait manqué aussi hein.

Je croyais que les chiens pouvaient avoir des crises cardiaques. Visiblement c'est des conneries. Sinon je serais cané pendant cette séance obscène.

Je dois partir. Et tout de suite. Avant qu'elle de me demande de lui crapoter le trou de balle. Qui sait de quoi est capable cette erreur de la nature. Partir. Vite. Aller me laver aussi. Avec cet odorat, j'ai l'impression d'avoir un slip sale sur la tête en permanence, c'est insupportable.

– On va se laver mon choupinet. Tu restes bien sage pendant que maman te lave.

Oh je le sens pas. Oh non, je le sens pas du tout. Et merde. La bonne nouvelle, c'est qu'avec le jet de flotte, je sens un peu moins cette odeur de poulpe mariné. La mauvaise c'est que cette truie me touche. Elle me touche le sexe, c'est sûr là. Oh non.

– Oh mais qu'est-ce qu'il a choupinet ? Ça lui plait plus que maman s'occupe de lui ?

Mais bien sûr que non, ça ne me plait pas espèce de sorcière. Si je lui saute à la gorge, là, maintenant, quelles sont mes probabilités de m'en sortir ? Assez faibles. Nulles. La police mettra quatre, cinq jours à venir, je vais devoir bouffer cette pâtée infecte, non je ne tiendrai pas. Je dois attendre qu'on sorte. Je dois me détendre. Me détendre pendant que la grosse Bertha m'astique le manche. Les gens sont fous. Les gens qui ont des chiens encore plus, c'est certain. Mon envie de mourir, sur une échelle de un à plein, est à plein.

– Ah voilà, mon choupinet se détend, il est gentil mon choupinet.

Peut-on jouir en pleurant ? Dans les films, il y a souvent un moment où les amants pleurent de bonheur, juste après l'orgasme. On peut aussi pleurer des larmes de sang. Même quand on est un putain de chien qui ne peut pas pleurer ! Lorsque j'éjacule, c'est mon espoir qui se barre dans la baignoire. C'est bien un cauchemar, mais je ne vais jamais me réveiller.

Après la séance de torture, j'erre comme une âme en peine. J'ai beau réfléchir, je ne vois strictement aucune porte de sortie. Il faudrait déjà que je sache qui m'a transformé en clebs et pourquoi. Le qui, bon, peut-être un dieu quelconque pour me punir d'avoir souhaité un génocide. Peut-être. Mais bordel de merde, je ne suis quand même pas le premier à souhaiter des horreurs.

La vraie question est « Comment je reviens » et je n'ai aucun indice, rien. Je suis un clebs et c'est tout.

Que me reste-t-il ? Me barrer et me faire adopter pas des gens moins cons ou moins crades ? Tu parles d'une vie, tu parles d'un espoir. Ou alors, je tente l'exil. Je me casse. Mais je deviens un clodo. Dormir dehors, voler la bouffe. Avec la quasi-assurance de me faire arrêter par la fourrière ou un truc dans le genre.

Ou alors, ou alors, ahahah, voilà, la voilà la bonne idée : je sors, je mords tout le monde jusqu'à ce qu'on se décide à m'arrêter et me piquer. C'est pas glorieux mais j'ai une chance, une petite chance, lorsqu'on me pique, de me réveiller dans mon lit. Ah oui. Dieu ne va quand même pas me buter pour une mauvaise pensée. Les pensées, merde, y-a le droit d'en avoir des mauvaises, de temps en temps. Oui, c'est ça, faut que je me fasse piquer. Vite. Allez Bertha, sors de chez toi. Que je puisse allez mordre le premier enfant qui traine.

Allez, mais qu'est-ce qu'elle fout. Ah, faut que je lui montre que j'ai envie de pisser. Je tourne, je grogne, je me colle à la porte. Je gratte.

– Oh, il a envie de faire popo ? On va aller promener.

« Se promener » analphabète. On va promener. Pourquoi pas « on va balader ».

Cette conne veut me mettre la laisse. Je recule, je grogne. Elle va peut-être croire que j'ai encore mal. Elle insiste. Normal, vu qu'elle ne comprend jamais rien du premier coup. Je grogne encore plus fort et je lui en veux de me pousser à me comporter comme un chien. Salope. Allez, mais tu vas percuter oui !

– Mais enfin, si tu bouges tout le temps, je ne peux pas te mettre ta laisse mon bébé.

Mais quelle conne. Je recule encore. Grogne plus fort. Ça va finir par rentrer.

– Tu ne veux pas aller promener ? Oh, j'ai mal compris alors.

OK. Il y a une caméra cachée spéciale clébard, et je suis en plein dedans. Je ne vois que ça. Je continue à grogner, en me rapprochant puis m'éloignant de la porte quand cette abrutie cherche, encore et encore, à me mettre sa laisse. Ce serait presque risible. Combien de temps avant qu'elle comprenne ?

– Tu veux ou tu ne veux pas sortir, je ne te comprends pas, mon bébé.

Ah ça, tu m'étonnes ! Tu m'étonnes. Et allez, encore un tour. Je tente le couinement, le truc qui m'a toujours rendu fou chez ces clebs de merde. Et vas-y que je chouine, sans dignité, je me vautre, ah beurk, ça me répugnait quand ils faisaient ça. Quand personne ne me voyait, je leur foutais un coup de pied à ces larbins. Mais quand je commence à pigner, la grosse lâche la laisse, me serre contre elle et me dit :

– On va sortir sans laisse alors mon petit bébé. Sans laisse pour une fois. Je vois bien que tu as mal.

Ça a marché. Ma dignité est barrée, mais au moins je peux sortir. Je suis joie. Plus que deux étages à descendre et à moi la liberté. Mon plan continue à murir dans mon esprit et je ne trouve toujours rien de moins con que le suicide pour espérer redevenir humain.

On arrive au rez-de-chaussée. Encore quelques pas. La grosse dondon se retourne :

– Tu fais bien attention. Tu restes près de maman hein.

Tu vas voir ce que je vais lui faire à maman. Elle ouvre la porte. Elle sort la première. Elle me laisse passer. Ça y est, je suis dehors. Je jette un œil à droite, à gauche. Bien. Je suis prêt. Je me décide pour la droite. Me reste juste à mordre le mollet de cette connasse. Tiens. Jusqu'au sang. Et hop je me barre avant qu'elle ne m'attrape.

– Choupinet mais, mais qu'est-ce qui te prends ? À l'aide !

Je n'entends plus le reste malgré mon ouïe de compétition. Je m'en fous. Je cours. Vite. C'est vrai que ça court vite un chien. C'est impressionnant. Je me retourne, je ne vois plus l'autre malade. Pour être sûr de ne pas retomber dessus, je préfère changer de quartier. Je vais aller dans le dixième arrondissement de Paris. Il y a plein de gamins là. Les bobos se reproduisent en masse. Nous sommes samedi, si je me balade sur le canal Saint Martin, c'est l'invasion des chiards. Je n'aurais que l'embarras du choix. Je pourrais bien en mordre trois ou quatre avant qu'on ne m'arrête.

Il fait beau en plus, le canal est noir de monde. Des enfants partout. De deux ans jusqu'à pas d'âge. Je rode un peu. C'est presque trop facile. Les petits viennent naturellement vers moi.

– Oh il est mignon le chien. Oh maman, t'as vu comme il est rigolo.

Je ne peux pas faire un pas sans me faire caresser. Et, je l'avoue, je craque. Mon plan était totalement con. Je n'ai jamais aimé les chiens, je ne suis pas fan des enfants mais je ne vais quand même pas essayer d'arracher la gorge d'un gamin dans l'espoir de me faire attraper. Tout ça pour me faire piquer et peut-être me réveiller en tant qu'humain. C'est le plan le plus con du siècle.

Je continue à trainer un peu sur le canal et je prends ma décision : je ne vais mordre personne. La seule qui méritait a déjà pris, me reste juste la partie finale de mon plan de merde. Je continue à trotter le long du canal vers Bastille. J'arrive à Richard Lenoir, puis Bastille. Je me suis dit qu'un chien sur un quai de gare, ça attire forcément l'œil. Alors il faut des trains souvent. Et la ligne une, niveau trains fréquents, y-a pas mieux. Avec tout le monde qui va et vient à Bastille, je peux peut-être passer inaperçu suffisamment longtemps. Je descends dans la gare de métro, sur mes gardes, tout va bien. Je longe les murs. Ligne une. Vincennes ou la Défense ? Aucune idée. Va pour Vincennes tiens.

Je suis sur le quai. Je vais en queue de station. Tout à l'arrière. Le panneau indique deux minutes. Deux minutes. Deux minutes, c'est déjà pas beaucoup quand on est impatient mais quand il s'agit du temps qui reste, peut-être, à vivre, ça fait vraiment peu. Tant pis. Vie de merde. Je me réveillerai soit chez moi, soit pas du tout.

J'entends le métro, je m'avance un peu. Oui le voilà, le voilà. Je prends mon élan et je saute. Comme un clébard de merde.

*

Je suis vivant ! J'ai réussi !

– Mais il est réveillé mon gros choupinet. Il a fini sa sieste. On va aller promener.

Son héros

Marc prend un verre avec ses amis : Étienne, Sylvain et Fabrice. Ils se retrouvent régulièrement autour d'un verre, pour des échanges presque aussi passionnés que lorsqu'ils avaient vingt ans. Vingt-cinq années ont un peu émoussé leur capacité d'emportement, le ton est plus apaisé, les sautes d'humeur moins régulières et les engueulades plus souvent jouées que réellement provoquées.

Il reste un sujet sur lequel Marc, toujours le plus entier – le plus casse-pompe soufflent ses amis dans son dos – se met dans des états qu'un jeune ne renierait pas : sa femme. L'amour de sa vie. La femme qu'il aime. Dès qu'on aborde le sujet d'Eugénie, ses yeux se mettent à briller de nuances multiples car tout y est, prêt à jaillir : l'admiration, s'il faut expliquer pourquoi il l'aime ; la fierté, si l'on en vient à se demander comment une telle femme peut aimer un tel homme ; le mépris, entier, pour celui qui se permet une boutade sur la consonance un peu vieillotte de son prénom ; l'emportement et la colère, qui fusent, si l'on met en doute son amour, sa femme, sa vie.

Marc a toujours vingt ans lorsqu'il parle d'Eugénie. Et chaque année qui passe, qui l'éloigne de sa jeunesse, le conforte dans cette certitude : auprès d'Eugénie, il aura toujours vingt ans.

Aujourd'hui, la discussion qui s'envenime, plus que d'habitude, semble arriver directement de leur jeunesse. Étienne, provocateur dans l'âme, a toujours aimé jouer avec Marc, agiter sous son nez un chiffon rouge. Et Marc, toujours, souffle, s'emballe et charge avec férocité, rudesse, comme si sa vie en dépendait. Étienne, fier de lui, a lu, hier, dans une étude, que confronté à la mort, tout homme pense à lui d'abord. Lui et personne d'autre. Et après, après peut-être, lorsque le danger est un peu écarté, il redevient l'animal social, le père, le mari.

Marc, qui a pris le sujet pour lui explique, cite, compare, veut prouver que non, bien sûr que non, l'homme n'est pas comme cela. Étienne sort alors son arme ultime, comme s'il l'avait préparée uniquement pour cette joute :

– Si Eugénie était en danger, en danger de mort, et qu'en essayant de la sauver, tu risquais, à coup sûr, la mort ? Je te dis, moi, qu'en tant qu'être humain, tu penserais à ta conservation d'abord. Après seulement, le danger écarté, tu tenterais de l'aider.

Sylvain et Fabrice interviennent, trouvent le procédé un peu caricatural : « Cela dépend, de qui on est, de qui on protège, de qui nous attaque ». Ils cherchent à apporter de la mesure là où Étienne, le toréro, et Marc, le taureau ne souhaitent que du bruit, de la fureur et un vainqueur triomphant d'un vaincu agonisant.

Le ton monte, le niveau des arguments baisse avec la testostérone et l'alcool. L'irrévocable est atteint, Marc se lève, comme il s'est déjà levé tant de fois. Il se lève et pour prouver son point, il s'en va. Il sait pourtant que son départ ne prouve rien d'autre que son manque de maitrise de soi. Et que s'il avait obtenu la victoire, sa fuite l'en priverait. Mais c'est plus fort que lui : en général il s'emporte, et en particulier sur Eugénie, il devient fou.

Il rentre chez lui, à pied. À peine a-t-il marché cent mètres, ressassant les arguments d'Étienne, les siens, qu'une angoisse l'étreint. Et si Eugénie était en danger. Si cette discussion n'était qu'un avertissement. Lui, athée, cartésien, qui ne croit en rien, qui se fait un malin plaisir à démonter tous les pseudo-mystères, perd tout sens du réel dès qu'il craint de perdre Eugénie. Il rentre vite, il marche vite, il court presque. Arrivé à quelques mètres de chez lui, il ralentit, se calme. Conscient du ridicule de sa démarche, il ne veut pas inquiéter Eugénie en arrivant essoufflé, paniqué.

Il entre dans le hall de l'immeuble, il monte, à pied, lentement, les étages. Met la clef dans la porte, ouvre la porte. Lorsqu'il a pénétré dans l'appartement, il le respire, il cherche à s'imprégner de l'ambiance. Il cherche cet indicible, cet indiscernable qui fait que l'on sait, que l'on sent, s'il y a une personne ou pas dans un appartement. Il est rassuré. Il sent une présence et cette présence lui parait familière. Il se dirige vers la chambre car il n'entend aucun autre bruit de PC, télé ou radio. Elle doit lire. Il pousse la porte, presque soulagé, parce que son angoisse passée, revient comme une lance.

Elle est là. Sa tête repose sur l'oreiller, dans un angle un petit peu bizarre. Le livre est posé sur son ventre. Elle ne bouge plus. Ses yeux sont clos. Il écoute, à la recherche de sa respiration, qu'il devine enfin. Il sourit. Un sourire total, reflet de son soulagement. Sa femme est là. Elle s'est endormie. En lisant. Comme toujours. Et cela le touche, comme toujours.

Il voudrait la prendre dans ses bras, lui murmurer son amour, lui hurler peut-être mais il respecte trop son sommeil. Il se glissera un peu plus tard dans le lit, le plus doucement possible pour ne pas la réveiller. Il lui enlèvera le livre, délicatement, n'osera pas l'embrasser, mais le voudra très fort.

*

Une semaine plus tard, les amis se retrouvent. Le souvenir de la dernière engueulade est là, mais on ne passe pas vingt-cinq ans avec un type comme Marc si on ne lui pardonne pas ses emportements. Il est le premier à en rire, à se trouver ridicule. Souvent, dans le même élan de contrition, il retrouve son énervement passé. Il n'est pas rare que sa séance d'excuses finisse sur une autre engueulade homérique. Aujourd'hui d'ailleurs, après avoir ri, avoir moqué notre héros, Étienne revient à la charge avec un autre fait divers. Toujours pour tisonner Marc. Cela réussit presque mais Marc tient bon. Fermement, il regarde Étienne, puis Sylvain, Fabrice enfin et leur dit, comme si l'avenir du monde en dépendait :

– Je me tuerais plutôt que de laisser quiconque blesser Eugénie.

Son regard, son ton, saisissent les trois amis. Et la conversation change. Fabrice lance un sujet anodin,

Sylvain blague dessus et la soirée se termine dans les rires habituels.

Marc rentre chez lui, content de sa soirée. Il a lavé l'affront de la semaine dernière tout en réussissant à ne pas s'emporter de nouveau. Et il lui semble que ses amis ont compris à quel point il était sérieux. À quel point sa vie n'aurait pas de sens, sans Eugénie. Il ne se voit pas comme un homme courageux, plutôt comme un lâche au contraire. Un homme qui sait que sans la femme qu'il aime, il aura tout perdu. Que le seul geste qui ait du sens dans ce cadre-là, est de risquer peu, sa vie, pour ne pas la perdre elle qui est tout.

Il entre dans le hall de son immeuble. La porte semble fracturée. Encore des voisins bourrés qui ont perdu leur clef. Les voisins du troisième sont les champions de cet exercice. Quatrième porte fracturée en cinq ans. Pas grave. Il n'a jamais trouvé rassurants ces codes, ces portes bloquantes. Elles ne gênent que les honnêtes gens. Les voleurs les ouvrent sans y penser.

Arrivé sur le palier, sa porte parait fracturée aussi. Elle est fermée, mais il y a des traces qui n'y étaient pas ce matin. Il ouvre la porte, enfin essaye, c'est long, la clef rentre mal, il force et d'un coup, il est happé par la porte et s'affale. Il a un peu trop bu. Il rigole de sa propre bêtise. Il rigole, va pour expliquer à Eugénie que décidément, il boit toujours trop quand il voit ses amis.

Mais ce n'est pas Eugénie qui a ouvert la porte. C'est un homme cagoulé. Qui l'empoigne, le traine jusqu'au salon. Au salon, il y a un autre homme, cagoulé également. Et Eugénie. Il y a Eugénie. Enfin le corps d'Eugénie. Marc ne sait pas trop. Elle est allongée sur le canapé et il ne voit que son dos. Elle est habillée, enfin, elle n'est pas nue, elle a sa culotte et son t-shirt qu'elle garde pour dormir. Un t-shirt trop petit pour elle, qui la rassure lorsqu'elle dort. Mais elle est vivante, il en est sûr maintenant. Il est soulagé. Il est dégrisé. Elle est vivante. C'est tout ce qui importe. Vivante.

Marc n'a même pas regardé les deux hommes. Ils lui parlent pourtant, lui braillent dessus. Marc commence à comprendre, à réaliser. La peur le prend au ventre, son sphincter se tend et se détend, comme jamais. Marc sent qu'il va faire sous lui. Il réussit, sans trop savoir comment à se contrôler, mais en perd sa concentration. Un des hommes le frappe. Et approche son visage, près, très près, lui postillonne dessus malgré le masque.

— Ta pute va me sucer pendant que mon pote va l'enculer. T'as quelque chose contre ?

Marc ne répond pas. Il regarde, perdu, l'homme lui parler.

— T'as quelque chose contre ?

Alors Marc comprend, et parle, parle :

— Je vous en supplie, ne lui faites pas de mal. Je vous en supplie. Violez-moi, oui violez-moi à sa place. Je ferai tout ce que vous voudrez. Mais laissez-la, s'il vous plait.

Les deux hommes se regardent, sourient. L'un deux, peut-être celui qui a frappé Marc dit à l'autre :

— J'ai une idée, laisse-moi faire.

Il regarde Marc :

— T'es prêt à tout ? Vraiment tout ?

Marc répond, sans hésitation, il n'a plus peur :

— Oui, à tout.

L'homme masqué marque une pause. Puis :

– OK. Tu me plais. J'aime qu'un mec soit prêt à se sacrifier pour sa gonzesse. Alors voilà le deal : ta vie contre son cul.

Marc, hagard, n'arrive pas à donner un sens aux mots qu'il entend. Cette phrase ne veut rien dire. Ma vie, son cul, de quelle vie parle-t-il ? De quel cul ? Comme l'homme attend, la confusion diminue, l'entendement grandit dans le cerveau de Marc. Il réalise. L'homme s'en aperçoit et continue :

– T'as tout compris. Tu as ma parole que si tu demandes à ce qu'on te bute, là, maintenant, on te bute... Mais on se casse après.

Un long silence.

– C'est toi qui décides.

Marc a envie de rire. Oui, il est pris d'une crise de fou rire, mais son rire ne passe pas ses lèvres. Sa crise reste intérieure et vire rapidement à la crise de folie. Mourir, mourir pour Eugénie ? Oui, oui tous les jours, il en a tellement parlé. Tous les jours, mais pas aujourd'hui, pas comme ça. Et quelle garantie a-t-il ? Ce sont des malades. Des malades qui la violeront et la tueront juste après. L'homme a dû lire dans les pensées de Marc :

– Ma parole d'homme ne vaut rien ? T'as raison. Mais tu crois pas que je fais encore ce que je veux. Je peux te mettre une balle là, tout de suite, et la violer après. J'ai pas besoin de ton accord. Si je te laisse un choix, ben, voilà, t'en fais ce que tu veux.

Il voit Eugénie bouger la tête, tenter de la tourner pour regarder vers Marc. L'autre homme lui bloque la tête et le premier reprend :

– Tsss, si elle te regarde, ça va fausser ton jugement. Alors pour que ce soit pas trop dur pour toi, voilà ce que je te propose. Si tu veux mourir, tu secoues la tête de bas en haut. Si tu veux pas mourir, tu secoues la tête de droite à gauche. Dans le premier cas tu meurs mais ta morue pourra encore se marier en blanc. Dans le deuxième cas, tu vis.

L'homme regarde sa montre.

– Comme on n'a pas toute la vie, tu as soixante secondes. Si dans, « Top », soixante secondes, t'as pas pris ta décision, je te bute et on défonce ta gonzesse.

Soixante secondes. Soixante secondes. La vie regorge d'exemples, de témoignages de personnes qui ont vécu des secondes qui duraient une vie. Si l'enfer existe, Marc l'a vécu pendant ces soixante secondes. Car le choix, théorique, de se sacrifier pour Eugénie, n'est plus aussi évident. Se sacrifier pour profiter de la gloire du sacrifice, être le héros, c'est une chose. Mais se sacrifier pour que d'autres en profitent, pour ne pas jouir, un seul instant de son acte de bravoure. Marc se souvient de ce livre qui se moquait de toutes les médailles. Les médailles qu'on donne au vivant alors que seuls les morts ont du mérite. Il se rappelle. Et se demande pourquoi mourir. Pourquoi ? Pour Eugénie, oui, oui bien sûr. Mais Eugénie, Eugénie, elle ne veut pas qu'il meure. Non, Eugénie serait trop triste, Eugénie ne pourrait pas vivre sans lui. Son sacrifice n'a pas de sens. Il voudrait, il voudrait tellement entendre Eugénie lui dire « Refuse mon amour », « Vis » ou lui envoyer n'importe quel signal. Mais elle est amorphe et voudrait-elle parler que l'autre homme l'a bâillonnée. Marc est seul, seul dans cet enfer de secondes qui s'égrènent. Marc a même le temps de penser que le cerveau humain est une machine absolument fantastique, qui peut réaliser tant de choses à la fois. Pourquoi en tirons-nous si peu ? Dans ces soixante secondes qui vont décider de son avenir, de l'avenir de la femme qu'il aime, de l'avenir de tout son monde, Marc trouve le temps de divaguer, de flâner. Mais au bout de soixante secondes, quand l'homme lui demande :

– Alors ?

Marc, qui n'a pourtant pas le sentiment d'avoir pris de décision, qui aurait été incapable, totalement incapable d'articuler un oui ou un non, Marc, hoche la tête. Enfin, secoue la tête. De droite à gauche. De gauche à droite. Et de droite à gauche encore mais plus vite. Il secoue la tête comme il n'a jamais secoué la tête. Si un homme pouvait se casser les cervicales en secouant la tête, Marc serait mort. Ce qui serait assez ironique. Mais Marc ne meurt pas.

Eugénie, qui ne respirait plus, semble soulagée de ne pas entendre de détonation. Mais lorsque l'homme lui pose la main sur le cul, le corps d'Eugénie se tend, Marc peut le voir dans le voile de ses larmes. Et le corps d'Eugénie se relâche pendant que l'homme a déjà un doigt dans son cul. Le corps d'Eugénie se détend au-delà de tout. Le corps d'Eugénie ne bouge plus, mais il parle. Et Marc comprend ce langage. Son corps dit « Tu as osé », son corps crie « Assassin, lâche, minable ». Le deuxième homme force Eugénie à le sucer. Marc ne voit toujours pas le visage d'Eugénie mais il sait. Le premier homme a son sexe dans le cul d'Eugénie et il laboure comme le porc qu'il est.

Marc ne voit plus les hommes, il ne voit que le corps d'Eugénie, qui ne bouge plus, inerte, comme si Eugénie s'en était retirée quand les hommes y entraient. Marc commence à reprendre espoir, à rêver à un futur possible. Eugénie est tellement forte, tellement fière. Elle ne laissera pas ces hommes lui enlever sa féminité, sa fierté, son bonheur. Non, elle reviendra aussi forte qu'auparavant.

Pendant que les deux hommes violent sa femme, avec toute la perversité, la violence dont les porcs de violeurs sont capables, jamais le regard d'Eugénie ne croise celui de Marc. Et Marc, ne voit plus rien, il est dans sa tête, à construire son avenir avec Eugénie.

Enfin, il sent une tape sur la tête. C'est un des deux hommes, il ne sait pas lequel, qui lui dit, en se marrant :

– T'as pris la bonne décision. Un coup pareil, t'as pas envie de t'en priver. Bonne bourre.

Les hommes s'en vont. Ils ne les tuent pas.

Marc s'approche d'Eugénie. Elle est toujours allongée, la tête vers le mur, tournant le dos à Marc. Marc va pour la toucher, pour la prendre dans ses bras, pour la consoler, puis il pense que son contact va la surprendre, lui faire peur. Il réalise aussi qu'il n'en a pas le droit. Il réalise, à ce même instant, à cette même seconde, toute l'horreur, l'indicible horreur de son choix, de son hochement de tête, de son refus de mourir. Il comprend l'absurdité de ce bonheur espéré alors qu'il a été irrémédiablement détruit. Par lui, Marc.

Eugénie commence à tourner la tête vers lui, lentement. Et Marc, conscient de son acte, comme jamais il n'a été conscient de quoi que ce soit, sait aussi qu'il ne supportera pas le regard d'Eugénie. Ce regard sera terrible. Il connait Eugénie. Tout le mépris de la planète sera concentré dans ce regard. Peut-être même qu'elle ne lui reprochera rien. Mais son regard, son regard sera terrible. Il n'y pas de mots pour décrire ce que le regard d'Eugénie va détruire chez Marc. Ce regard va aussi annihiler leur bonheur passé. Marc ne pourra plus se souvenir d'eux avec bonheur, ne pourra plus jamais repenser à Eugénie avec joie s'il croise son regard maintenant.

Marc passe ses mains autour du cou d'Eugénie. Elle sursaute, surtout quand il serre, serre si fort, si violemment, s'assied sur elle et continue à serrer. Son corps, de dos encore, dit sa surprise, sa déception, sa colère et aussi, bien sûr, sa panique. Mais au moins, Marc ne croise pas ses yeux. Il ne croisera plus jamais ses yeux. Il restera pour toujours, son héros.

La greffe

J'ouvre les yeux et ça pique. Tout de suite, je sens une gêne. Un truc qui me démange. Ça doit être un sacré truc parce qu'avec ce que je tenais hier, on aurait pu me coller la Castafiore dans les esgourdes, j'aurais continué à écraser. Non, là, ça me gêne et ça me fait mal. Au niveau du nez.

J'ai un truc sur le nez. Qu'est-ce que c'est que cette connerie ? Je louche pour essayer de distinguer ce que c'est. Je m'en fais mal aux yeux à force de loucher et j'ai l'impression que j'ai identifié la gêne. On dirait que j'ai une couille sur le nez. Mécaniquement, je porte la main à mon calbute. Rassuré, ce n'est pas une couille à moi. Et au moment où je me sens rassuré, je me pose une question : est-ce que c'est vraiment rassurant d'avoir une couille sur le nez qui ne soit pas la vôtre ? Qu'est-ce qui est le plus anxiogène : avoir sa couille sur le nez ou avoir la couille d'un inconnu. La question de la provenance de la couille est-elle pertinente ? Est-ce que je serais soulagé si c'était la couille de mon frère ? Je dois être encore bourré de la veille pour penser à des trucs pareils.

À peine calmé, je me lève et cours, autant qu'un type bourré au réveil puisse courir, dans la salle de bain. Je me mets face à la glace et je constate : j'ai bien une couille sur le nez. C'est pas banal. Ça me fait mal, ça me tire, ça me gêne mais le fait est là. Instinctivement, encore que le terme soit impropre, je passe ma main dessus et je la soupèse.

Il me vient deux remarques : c'est la première fois que je touche une couille qui ne m'appartient pas. C'est très perturbant. J'avais rarement pensé à la situation dans laquelle cela pourrait m'arriver mais j'avais plus visualisé une prison, ou une boite gay, un peu trop torché ou après avoir pris une drogue un peu trop forte, mais surement pas que ce serait dans ma salle de bain, tout seul, en me touchant le nez.

Autre constat : cette couille n'est pas reliée à mon pénis. Je la touche et je ne sens rien. Rien du tout. Enfin si, un ridicule de compétition, mais rien de plus.

Je titube, plus sous le coup des restes d'alcool que de l'émotion. Et je me demande à qui peut bien appartenir cette couille. Ou plutôt à quoi. Car j'en ai maintenant la certitude, ce n'est pas la couille d'un être humain. Disons que si ce truc appartient à un humain, j'ai pas bien envie de voir le reste. Ce truc est trop gros déjà pour appartenir à un humain. Ou alors un humain malade. Ça a la taille d'une pêche. Une petite pêche mais quand même. Les miennes, je sais pas, on dirait plus des abricots. Je reste quelques instants à réfléchir à la pertinence de mes comparaisons : dans pas mal de régions, les pêches sont petites et à peine plus grandes qu'un abricot. Sans parler de ces pays où les abricots sont géants. Non, ma description n'apporte rien. Ce n'est pas parlant. Fuck les fruits : j'ai une grosse couille sur le nez.

Je tire un peu, espérant qu'elle va d'elle-même se détacher. Ça tire, me fait mal et mon nez refuse la dépose. La couille est bien attachée. Je m'approche du miroir, plisse des yeux, pour rien, car plisser des yeux n'a jamais fait mieux voir et je constate qu'il y a des fils. Cette couille n'a pas poussé, on me l'a cousue.

Ah les cons. Ah non mais qui a pu me faire un truc pareil ? En vingt ans de cuite, il m'en est arrivé de belles mais là, je suis hors concours. Non, mais quel est le con qui...

Un flash, la sueur, le sang qui monte à la tête, la honte qui monte au cœur, je retourne dans la chambre en tenant ma couille à la main pour pas que ça balance trop parce que ça fait mal. Mon jean, où est mon jean : ah voilà. Ticket carte bleue, ticket descriptif. Non, mais c'est pas vrai. J'ai un ticket de carte de bleu de sept cent cinquante euros. Ça fait cher la bouteille de gin quand même. Je défile les tickets pour chercher la correspondance et je trouve : « tatoueur hardcore » greffe – sept cent cinquante euros.

Ah c'est la meilleure : non seulement j'ai une couille sur le nez mais en plus j'ai payé pour. Enfin, on a dû me faire payer. Le niveau de la blague est premium plus. Je peux rien dire. Me le faire payer, c'est de l'orfèvrerie, de la dentelle, du grand art.

Quel est le fumier qui a pu me faire ça ? Un mec qui a un humour particulier ? Ou un inconnu. Qu'est-ce que j'ai foutu hier soir. Voyons voir. J'ai démarré au

« Trocard ». Ça, je m'en souviens. Un godet avec la cloche. Non pas un, trois parce qu'il essayait de m'expliquer son métier et je comprenais strictement rien et qu'à chaque question à laquelle il n'arrivait pas à répondre sur ce qu'il faisait, il m'a repayé un coup. Ensuite Olive a remis une tasse, puis Seb, Franck. Jusque-là, je suis bon. Est-ce que j'ai mangé ? Ah oui, Franck a envoyé quelques amuse-gueules en fin de service. J'ai grignoté quoi, mais je devais déjà être bien allumé. Mais à la fermeture du « Trocard », qu'est-ce que j'ai pu foutre ? Aucun souvenir.

Qui il y avait d'autre ? Pascal. Ah oui tiens, il y avait Pascal. Christophe. Et Fernandella. Fernandella, c'était une fille sympa avec une grande bouche. À la Fernandel. Du coup, tout le monde l'appelait Fernandella. C'était ni très drôle, ni très sympa mais comme elle disait rien.

Bon, je vois l'équipe de bras cassés. Plus Olive bien sûr. OK. On est bon là. On a pris un verre dans un bistrot qui ferme à quatre heures, juste à côté de la place Sainte-Marthe. Je me revois à quatre pattes sur le bar à gueuler « T'y donnes sa picole au clébard ou t'y donnes pas » en imitant un clebs qui a soif.

C'est le problème des lendemains. La veille, t'es un croisement de Louis CK et de Desproges et le lendemain, t'es juste un sous Bigard qui imite Laurent Gerra. Merde. Bon, mais je revois très bien ce moment. Je suis lourd et pathétique, mais je n'ai pas encore de couille sur le nez. Il me manque un lieu. Obligé. La mémoire des retours de bitures ne se conduit pas comme un pur-sang, mais plutôt comme un chihuahua sous acide : avant, arrière, accélération ridicule, ralentissement grotesque.

Là, oui, là, le flash ! Je suis chez le tatoueur. Merde. Je vois Olive et Fernandella. Morts de rire. J'entends Fernandella « On verra bien qui a une gueule de gland après ça » et Olive « Non, c'est abusé » mais il rigole tellement. On n'est plus que trois. Alors c'est eux. C'est eux qu'ont eu l'idée. Le tatoueur demande « Il va vouloir l'enlever demain ? » et les deux repartent à se marrer « Oh bah non, si ça lui va bien au teint, il va peut-être la garder tout le temps ». Fernandella ajoute « C'est original. On ne voit pas ça tous les jours et puis il parait que ça porte bonheur de toucher une couille ». Le tatoueur, vexé, accepte quand même et je le vois sortir ses aiguilles. Ce que je ne m'explique pas c'est pourquoi et comment un tatoueur m'a greffé la couille. Il aurait pu m'en tatouer une. Ce qui aurait été pire finalement.

Je dois me faire enlever ce truc-là maintenant. Et rapidement. Comment je vais faire ? Faudrait que j'appelle SOS médecin, le Samu ? Ou alors je sors avec mon casque de moto. Ah oui, c'est bien ça. Sauf que les casques de moto ne sont pas conçus pour un type, son nez et sa troisième couille sur le nez. Ça passe pas. J'appelle mon médecin. Il habite pas très loin et lui, il trouvera une solution.

— Oui, tu veux quoi ?

— Vous n'allez pas me croire mais...

— Non, je vais pas te croire parce que quand un patient dit ça, c'est qu'il va mentir. J'ai pas mon détecteur, alors droit au but.

— J'ai une couille greffée sur le nez.

— ...

– Allo ?

– T'as pris quoi hier ?

– J'ai pris cher.

– Oui, j'avais compris. Bah viens à mon cabinet, je te ferai passer en urgence. Les gens devraient comprendre.

– Oui mais justement...

– T'aimerais bien être discret ?

– Voilà.

– Quand on veut être discret mon garçon, on ne se fait pas greffer une couille sur le nez, jamais. Il faut assumer. Viens ta couille et toi, comme ça, je pourrai décider de qui je sauve.

– Qui vous sauvez ?

– De toi ou de la couille sur ton nez. Allez rapplique.

C'était son style ça : toujours prêt à rendre service mais fallait payer le prix. Fallait assumer avec lui. Bon, en me mettant une écharpe autour du visage, j'en serais quitte pour une petite gêne.

Je me suis préparé mais il me restait un doute, un trou : d'où venait la couille ? Je me remis devant la glace : couille de chien, couille de mouton, couille de vache ? Ah non, pas de vache. Pas possible de me souvenir. Vu la taille, c'était un gros chien. Ou un mouton, oui, ça pourrait être ça. Tant pis, ça me reviendra plus tard. J'enroule mon écharpe. Je dois faire un peu peur vu que seuls mes yeux injectés de sang d'alcoolique sont visibles. Je descends, prends un peu l'air. J'espère qu'il pourra me l'enlever sans que je doive aller à l'hôpital. J'entre dans la salle d'attente. Pas de secrétaire chez lui.

Juste le docteur qui apparait, demande à qui c'est le tour, sort deux trois vannes et retourne dans son cabinet.

Je l'entends arriver, dire au patient précédent « et tu arrêtes la cocaïne en infusion hein, c'est pas bon pour ce que t'as ». Il ouvre.

— Alors, j'ai un patient en urgence. Ah monsieur, je ne laisse pas entrer les gens masqués. Ici on se découvre.

— Oh docteur.

— Il n'y a pas de docteur qui tienne. C'est la loi mon petit gars. Faut être à visage découvert dans l'espace public. Faut qu'on puisse t'identifier.

Je baisse un peu l'écharpe, pour que les autres patients ne puissent pas trop voir, mais le docteur lui a un beau panorama. Il rit très fort :

— Ah bah, mon cochon. Même sans écharpe, tu respectes pas la loi. On peut pas t'identifier, tu ressembles plus à rien. Ha ha ha non, je te jure. Allez, entre.

Puis s'adressant aux autres patients :

— Je vérifie que la greffe a bien pris et je suis à vous.

Je m'assieds :

— C'est compliqué là.

— Non c'est très simple. T'as encore bu n'importe quoi avec n'importe qui dans des proportions considérables.

— Oui, mais.

— Oui, mais quoi ? T'as vraiment prévu de me servir une explication raisonnable pour cette... excroissance ?

J'hésite puis :

– Non.

– J'aime mieux ça. Parce que les conneries, que tu les fasses, c'est ton problème mais si tu me les ressers, ça devient le mien. Bon, allez fait voir ça ?

Il s'approche, regarde et dit en rigolant :

– Je crois que c'est une couille.

– Docteur !

– Ah bah tu peux me donner du « Docteur » tant que tu veux, je t'assure, je crois que tu as une couille sur le nez. Si tu préfères, on peut évoquer ton nez planqué sous ta couille. Si ça te parait moins bizarre.

– Non, je voudrais surtout qu'on me l'enlève.

– Ça va pas être facile.

– Pourquoi ?

– Bah si je t'enlève le nez, la couille risque de tomber. Elle aura plus rien où s'accrocher.

– Mais non, je parle pas du nez !

Il va mettre des gants.

– Je me demande.

Je sais qu'il va sortir une connerie mais je tente quand même :

– Quoi ?

– Vu où est placée ta couille, je me demande, si je te mets le doigt dans le pif est-ce que ça s'apparente à un toucher rectal ?

– Oh docteur !

– Non parce que t'avoueras que c'est troublant. Au niveau du dégout, c'est à peu près pareil. C'est bien simple j'ai autant envie de te mettre un doigt dans le pif que de me faire greffer une couille sur le nez.

– Ah non !

Je me lève, en colère, je veux me fâcher, mais le docteur est tellement mort de rire que je mets à rire avec lui.

– Allez rassieds toi, grand zguege.

Il tâte la couille.

– J'ai une bonne nouvelle.

– Allez-y, mais je m'attends au pire.

– Ce sera un fils. À vue de nez, enfin si j'ose dire, il a trois mois.

Je me relève, le fusille du regard, ambiance méchant. Il m'observe, avec un sourire jusqu'aux oreilles puis éclate de rire :

– Tu sais, je crois que je vais pas te faire payer. Tiens attends.

Il se dirige vers son PC. Je ne sais pas ce qu'il regarde mais il finit par tourner son écran vers moi :

– Non, je vais pas te faire payer et même, c'est moi qui devrais te payer. Tiens regarde, quarante euros la place pour la meilleure pièce comique de l'année. Ton spectacle à toi, il vaut au moins ça.

Je comprends que je n'arriverai à rien, mais je demande quand même :

– Vous pourriez me l'enlever ?

– Ah, je pourrais oui, mais on va passer à côté de

grands moments de rigolade.

Puis redevenant sérieux :

— Allez pochtron, allonge-toi.

Il me fait une piqure anesthésiante en ajoutant :

— Je suis sûr qu'hier, il t'a suffi d'un gin de plus pour ne rien sentir mais ici, je ne sers pas d'alcool. Sauf en piqûre.

En trois coups de scalpel, il m'ôte la couille, cautérise, recoud. Je douille un peu mais je suis tellement soulagé que ça passe dans l'instant.

— J'ai changé d'avis tiens, ça fera vingt-trois euros quand même. Et c'est pas cher payé.

Je le remercie, il me dit :

— De rien, et tu reviens quand tu veux. Entre un cancéreux et un malade du sida, ça me distraira.

Avant de partir, une question me revient :

— Et c'est une couille de quoi docteur ?

— Pourquoi ? Tu veux la rendre à son propriétaire ?

— Non mais, je me demandais.

— Tu me prends pour un boucher, un vétérinaire ? Qu'est-ce que j'en sais moi : une couille de mouton, de panda ou d'autruche.

— Non mais...

— Oui, tu voudrais être sûr que c'est pas celle d'un humain.

— Voilà.

— Rassure-toi, c'est pas un humain. Ou alors il est

sacrément balèze et quand il va te tomber dessus, c'est pas une couille qu'il faudra te greffer.

Il réalise que sa vanne ne me fait pas marrer :

– Je plaisante. Allez déguerpis.

Dans la rue, je respire, soulagé. Il m'a dit que les cicatrices disparaîtraient après l'été. Tout va bien. Je rentre chez moi. Je me demande toujours d'où peut bien venir cette couille mais l'important c'est de passer à autre chose. J'allume mon téléphone portable, mon PC. J'ai beaucoup de messages. Beaucoup trop. Surtout sur Facebook. Sept mille cinq cents like. Olive a posté une vidéo sur ma page. Je clique sur la vidéo et je crains le pire. Il fait nuit, éclairage merdique, vidéo de portable. Olive, bourré, rigolard, en gros plan :

« Faut qu'on vous présente notre ami, un ami qui jouit quand on lui touche le nez » !

Et merde...

Un dernier espoir

J'ai perdu toute ma famille. Tous morts. Morts ou disparus. Disparus ou morts. Dans le meilleur cas, morts. Comment aurions-nous pu prévoir l'horreur qui venait ? C'était imprévisible. Seuls les cerveaux malades, les cerveaux des bourreaux pouvaient prévoir. Et encore, pas tous. Je connais des Allemands, des bons nazis qui en 1930 ou 1933 n'auraient jamais cru 1943. Jamais. De bonne foi. Je ne les excuse pas. Je n'ai plus la force pour excuser ou accuser. Aujourd'hui, dans cette prison de la Gestapo de Prinz-Albrecht-Straße, je n'attends rien, rien d'autre que la mort. Dans mon malheur j'ai de la chance, je vais peut-être pouvoir dormir. Une dernière nuit avant que mon gardien, un gros et gras nazi aryen qui n'a pas dû suivre les cours sur la race supérieure, ne vienne me chercher. Une dernière nuit avant que mon gros gardien ne revienne et qu'Hitler m'envoie mourir dans un train ou un camp ou ailleurs. Une dernière nuit de sommeil avant que mon gros gardien ne vienne me secouer. Je pose ma tête sur la planche en bois qui me sert de lit. J'ai roulé en boule mon pantalon. Je suis nu mais j'ai un oreiller. Je vais mourir demain, surement. Mais pour cette nuit, je peux poser ma tête sur mon oreiller et dormir. Peut-être même rêver. Rêver d'un monde meilleur, pour moi, les miens et les autres. Dormir. Rêver. Espérer une nuit encore.

*

J'ouvre les yeux. Je ne suis plus dans ma cellule. Je me sens différent. Je suis dans un couloir. Assis.

— Alors imbécile ! Va me chercher le youtre de la 32. Dépêche-toi abruti. Bon à rien.

Je me lève. Je ne comprends pas. J'ai du mal à marcher. Je regarde d'où vient la voix. Un officier me montre la salle 32 en tendant le bras. Je baisse la tête, par réflexe, persuadé qu'il va me frapper. Il rigole :

— Je ne vais pas te frapper gros abruti. Mais dépêche-toi d'aller me chercher ce youtre.

J'avance vers la cellule 32. J'y entre en panique. J'ai peur. J'ai chaud. J'ai froid. Je voudrais pleurer. Je voudrais m'assoir. J'entre dans la salle et je me vois dormir. Je me vois, c'est moi. C'est moi qui me réveille apeuré. Totalement apeuré, totalement terrorisé. Les yeux encore pleins de sommeil. Mais il y a aussi de l'incompréhension. J'observe mes mains, mes jambes, mon corps. Je suis dans le corps du gros garde. Mais qui est dans mon corps alors ? Le gros garde ? Je ne peux pas y croire. Je rêve encore. Je suis encore dans ma dernière nuit de sommeil, ma dernière nuit d'espoir.

L'officier m'appelle en hurlant :

— Amène ce youpin ici ! Vite. Ou je te fais exécuter.

Ah non, non. Si c'est un rêve, rien n'a d'importance, mais si je ne rêve pas, je ne laisserai pas passer cette chance. Et surtout, je ne me ferai pas exécuter dans la peau d'un nazi. Malgré mon état, ma peur, j'avance vers moi, enfin vers lui, je le prends, je me prends par le bras. Je me prends par le bras et je me soulève du sol. Je pleure. Je pleure en me soulevant du sol. Et mon autre moi, l'autre, celui qui est dans mon corps hurle, il hurle de terreur et d'effroi. L'oberwachtmeister m'intime l'ordre de l'amener. Alors je me traine. Je suis gros mais je suis fort. Je me tire par le bras et je me traine jusqu'au gradé. Le petit bonhomme, car j'étais un petit bonhomme, commence à parler. Il commence à parler et il commence à expliquer qu'il n'est pas le juif, mais qu'il est le garde. Alors je me frappe. Je me frappe de toutes mes forces. Et je hurle :

— Tu vas te taire sale youpin ! Tu vas te taire sale vermine ! Je ne veux plus t'entendre. Tu parleras si on te le demande.

Le gradé est satisfait. Le gradé est content. Le gradé me congratule.

— Ça me fait plaisir de voir qu'enfin tu prends ton travail à cœur. Tu as toujours été trop timoré. Tu n'es pas assez dur. Rappelle-toi ce qu'a dit le Führer. Ton cœur doit être en acier. Pas de place pour la compassion. Pas de compassion pour la vermine.

Je connais ce discours. Je l'ai déjà entendu. Je ne suis pas surpris. Mais le garde lui, il n'a pas l'habitude qu'on le batte quand il parle, qu'on le frappe pour qu'il se taise. Alors il recommence à parler et il tire l'officier par la manche. Il tire fort et il gémit et il dit :

— Oberwachtmeister, c'est moi, c'est...

Je prends sa tête et j'écrase sa tête sur le bureau. Et je demande au gradé :

— Me permettez-vous de donner une correction à ce youpin, oberwachtmeister ?

Il me jauge du regard. Il est surpris. Il a l'air surpris. J'ai peur. Et je n'ai rien à craindre. Ce qui m'arrive est impossible. Personne, jamais, ne pourrait croire ce qui m'arrive. Même si le gros garde pouvait le prouver, s'il pouvait révéler un secret qu'il est seul à connaitre, même s'il pouvait prouver son identité sans le moindre doute, même sans le plus infime doute, personne ne le croirait. Je n'ai pas à avoir peur.

Le gradé me regarde et dit :

— Tu as été à deux doigts de la porte tu sais. Deux doigts de la porte. Trop sensible. Trop mou. Mais tu peux peut-être te racheter aujourd'hui.

— Oui oberwachtmeister, je ferai ce que vous m'ordonnez. Sans férir.

Il me regarde. Il est surpris que je sois aussi dur, aussi sûr de moi, aussi vindicatif. Il est surpris mais il ne se doute de rien.

— Cette vermine a été condamnée à la déportation mais il est déjà trop malade. Il ne sert à rien. Pas la peine de s'embêter à le faire voyager là-bas. Amène-le dans la pièce 57 et dératise la pièce. Nettoie la pièce de toute la vermine. Dévermine proprement et peut-être que tu resteras dans cette division. Exécution.

Le petit garde commence à hurler « Non ! » alors je le frappe encore. Je cherche une matraque. J'ai forcément une matraque. Je la trouve, je la prends et je frappe le petit garde. Je me frappe. Et je ne ressens rien. Rien que du soulagement. Je suis sauvé. Je suis sauvé. Tout ce que j'ai à faire ? Tuer une ordure de la Gestapo. Buter un gestapiste. Tu vas voir gradé, si je suis un mou, un tendre. Tu vas voir si pour vous, mon cœur n'est pas d'acier. Attends voir.

Je me traine dans la salle 57. Je m'y traine. Et le petit juif nazi ne peut pas résister. Il est trop petit. Et je le frappe quand il résiste. Je le traine dans la pièce et sur le chemin un collègue me demande s'il peut m'aider. Il me dit que ça fait mauvais genre d'avoir un juif qui hurle dans les locaux. Je dis « Non ça va aller » mais il frappe quand même le petit juif pour le faire taire. Il le frappe, il lui arrache un pan de sa chemise qu'il lui met dans la bouche de force. Je lui dis merci et il me répond « Pas de quoi, c'est normal entre collègues».

Nous arrivons dans la pièce 57. Ce n'est pas à proprement parler une salle de torture. Mais il y a une baignoire, quelques outils et des fusils. Je ne sais pas comment je dois me tuer. Je suis pris d'un doute. Et si en tuant mon enveloppe physique je mourais. Et si je me tuais, sans savoir. Je pourrais m'aider à m'enfuir. Mais alors je serais complice, complice d'un attentat, d'une atteinte à la sureté de l'état. Si je me sauve, je cours à ma perte. Je n'ai pas le choix. Soit je meurs, soit peut-être que je ne meurs pas. Pour me sauver, pour peut-être ne pas mourir, il me faut juste me tuer.

J'ai subitement envie de pleurer, j'ai envie de chier, j'ai envie de pisser, j'ai envie de vomir. Personne ne s'est jamais tué de cette manière. Impossible. Se suicider c'est une chose, mais s'assassiner. Commettre un meurtre contre soi, ça n'existe pas. Je vais me réveiller. J'en suis certain. Je ferme les yeux, mais le bruit me les fait rouvrir. Le garde cherche à atteindre un des outils, alors dans la panique, je lui donne un coup de matraque, et je l'envoie cogner contre la baignoire. Et alors je me vois, et j'ai envie de me frapper. Moi, le petit juif qui n'a rien vu venir, le petit juif qui a dit à sa mère « que non maman, ce n'est pas la peine de partir aux USA » et je me frappe. Et j'aperçois mon père qui monte dans la voiture de la Gestapo et je me frappe. Et je repense à ma sœur, violée et tuée par des SA. Ma sœur qui m'avait supplié de quitter l'Allemagne. Ma sœur à qui j'avais répondu « Mais ils nous prendront 80% de ce que nous avons. 80% pour partir, c'est le prix à payer. C'est trop. Nous n'aurons plus rien. Comment survivrons-nous ? Il faut rester. » Et je me frappe, fort, encore et encore. Et je me frappe et je pleure en me frappant parce que je m'en veux, je m'en veux de n'avoir pas pu sauver les miens. Mais qui pouvait prévoir, qui pouvait savoir, qui pouvait se douter un instant que l'horreur ferait place à pire encore et encore et encore. Je me frappe et je voudrais me prendre dans mes bras, je voudrais me consoler et me dire de ne plus avoir peur, que c'est fini, que maintenant ça va aller mieux et je me frappe encore. Et quand mon visage n'est plus qu'une bouillie informe, quand mon corps cesse de vivre, je me redresse.

Le goût de la vie

Grâce aux femmes, j'ai repris goût à la vie. Non, j'ai pris goût à la vie. Rien, jamais ne m'avait inspiré. Plus de trente ans sans envie. Trente longues années à chercher un but à ma vie, un sens à mon existence.

Rien, jamais ne m'inspirait aucun sentiment. Depuis toujours, depuis tout petit. J'étais né indifférent. En primaire déjà, je ne jouais pas avec mes camarades, qui m'avaient rejeté, spontanément. Sentant, ressentant que je n'étais pas comme eux. Leur rejet aurait pu m'attrister. Il m'a indifféré. Ils me rejetaient oui, me stigmatisaient oui. Mais s'ils ne l'avaient pas fait ? Quelle différence ? Je n'aurais pas joué avec eux non plus. Je n'aurais pas eu envie. Je n'avais pas plus envie de jouer avec eux que je ne souhaitais me faire accepter ou rejeter.

Lorsque plus tard, les enfants, devenus adolescents se mirent à me battre, à me frapper, la douleur physique semblait ne pas me concerner. Comme si mes nerfs n'étaient pas vraiment reliés à mon cerveau. Ils me frappaient, une fois, deux fois. Je saignais du nez, j'avais un cocard et alors ?

J'avais des notes médiocres. Ce n'est pas que je n'écoutais pas. J'écoutais mais sans m'y intéresser. Écouter, ne pas écouter, c'était pareil. Ensuite, pourquoi réviser, pourquoi travailler ? Cela ne m'intéressait pas. Mes professeurs me punissaient. Et alors ? Rester deux heures, trois heures dans une salle à recopier des phrases stupides ou rester chez moi à attendre qu'un évènement m'intéresse, c'était pareil.

Tout était pareil, tout m'était indifférent jusqu'à ce que je découvre les femmes. Ah les femmes. Pourquoi aura-t-il fallu que j'attende trente ans pour découvrir la douceur de leur contact, leur richesse ?

Adolescent, je n'avais pas plus de désir ou d'envie. Ma puberté a été physique uniquement, en aucun cas mentale ou intellectuelle. Je n'avais pas plus envie d'une femme que je n'avais envie de me lever ou d'aller à l'école. Je n'avais pas non plus envie de rester au lit. Je n'avais juste pas envie. Aucune envie. On m'a orienté vers un CAP. Lorsque le responsable de l'orientation m'a demandé ce que je voulais faire, j'ai répondu : je ne sais pas, je n'ai pas d'envie.

C'était un bon responsable, je crois. Il voulait vraiment chercher ce qui me permettrait de me réaliser. Il aurait vraiment aimé m'aider. Contribuer un peu à mon bonheur ou à ma réalisation en tous cas. Mais je n'avais pas d'envie. Mes parents étaient catastrophés à l'idée que je finisse en CAP. Mais cela ne représentait rien pour moi. S'inquiéter, c'est avoir peur de quelque chose. Avoir peur c'est ressentir. Avoir peur d'une situation, c'est vouloir que la situation n'arrive pas. Je n'avais pas peur.

Mes parents m'expliquaient que si je ne travaillais pas, j'allais aussi rater le CAP. Que je serais au chômage, que je finirais marginal, clochard. Et alors ? Ça ou autre chose, quelle était la différence pour moi. Je ne voulais rien, je ne désirais rien, je ne craignais rien. Si, je désirais une chose, une seule : je voulais vouloir. Je voulais vouloir quelque chose, mais je ne voulais rien.

Jusqu'à cette rencontre magique. Avec cette femme. Avec toutes les femmes.

J'ai raté mon CAP bien sûr. Et à dix-huit ans, je me suis retrouvé au chômage. Chez mes parents. Pas clochard. Juste chez mes parents. Ne voulant rien, ne désirant rien, ici ou ailleurs, avec ou sans CAP, quelle différence. J'ai vécu, survécu devrais-je dire, pendant sept ans. Mes parents faisaient ce qu'ils pouvaient pour me motiver, cherchaient à me faire rencontrer du monde, des amis, des femmes même. Mais rien. L'ennui partout. Non, l'ennui c'est trop fort encore. Le non-intérêt. Le rien. Les amis supposés me laissaient totalement indifférent et ma froideur, et mon apathie les décourageaient rapidement. Quant aux quelques femmes qui ont accepté de venir jusque chez nous, pour voir la bête, le monstre, leur démarche était toute d'égo : « Personne n'a réussi à éveiller de désir, de sentiment mais j'y arriverai bien moi » ! Sans résultats.

En désespoir de cause, certainement après avoir vu une émission sur le sujet, mes parents essayèrent de me convaincre que j'étais gay. Que j'étais sûrement refoulé et que je devais me déclarer pour me libérer. Ils firent même venir un homosexuel à la maison. Censé me séduire, j'imagine. En pure perte.

Vers mes vingt-cinq ans, ma mère est tombée malade. Une maladie longue, douloureuse. Mon père l'a très mal vécu. Surtout, il n'a pas supporté que je ne montre aucun sentiment. Il s'en prenait à moi, m'accusait d'être un monstre : « Mais au moins, dis quelque chose, montre quelque chose, un sentiment. Même la haine serait mieux que cette indifférence ». Je pense, avec le recul que je le rendais fou. Et alors. Fou, sain, heureux, malheureux, quel intérêt ?

Ma mère s'interposait tant qu'elle pouvait, mais avec la maladie il lui est devenu difficile pour ne pas dire impossible de lutter. Mon père a pris le dessus et a cherché à me faire payer mon absence d'émotion. Quand ma mère est morte, quatre longues années plus tard, je me suis rendu à l'enterrement. Sans savoir pourquoi d'ailleurs. Lorsque nous sommes revenus, mon père m'a dit : « Monte dans ta chambre, prends tes affaires et va-t'en ».

Je suis monté dans ma chambre, j'ai pris mes affaires et je suis parti. Pendant les douze mois qui ont suivi, j'ai sombré. Après quelques mois chez une amie de ma mère, il est devenu compliqué de trouver un endroit où dormir. Je me suis aperçu que la faim ne me gênait pas vraiment. L'inconfort non plus.

Alors de mois en mois, je me suis rapproché de l'indigence et le jour de mes trente ans, je dormais dans un foyer. Propre, mais infesté d'humains en état de décomposition avancée. Alcool, drogue, puanteur. Ma première nuit aurait sûrement été considérée comme horrible par tout autre que moi. J'ai dormi. Comme d'habitude. J'avais trente ans. Pas de famille, pas d'amis, pas de femme, pas d'homme, pas d'avenir. Et surtout pas d'envie. Aucune envie. Aucun désir.

Le deuxième soir, je me suis couché à vingt-deux heures lors du couvre-feu. Vers minuit, nous avons tous été réveillés par des bruits, des cris. On se battait. Plus précisément, un homme battait une femme. Et je l'ai vue. Magnifique. Mon cœur a cessé de battre un instant. Plusieurs instants. Il faut vous dire qu'en une fraction de seconde, je venais de tout comprendre : tout ce que mes parents m'avaient répété à longueur de journée, tout ce que la société nous rabâche. Les sentiments, l'amour, la transpiration, la sueur, l'envie, le désir, enfin.

Alors j'ai voulu. J'ai voulu plus que tout, cette femme. Je me souviens avoir pleuré toutes les larmes de mon corps en comprenant ce qui m'arrivait. J'étais guéri. Je voulais, je désirais. J'allais connaitre la frustration, la joie, la tristesse, l'extase. J'allais sentir, ressentir. Enfin.

De ce jour, j'ai repris goût à la vie. C'est-à-dire que j'ai pris goût à la vie puisque je ne l'avais jamais eu. Grâce aux femmes. Grâce notamment à cette première femme. Éva. Après être intervenu pour que cesse cette algarade, j'ai proposé un verre à Éva. Mais elle ne savait pas trop, ne me connaissait pas. J'avais attendu près de trente ans, je pouvais attendre une semaine. À force de patience, Éva fut mienne. Et je découvrais, un par un, les sentiments qu'une femme peut faire naitre dans le cœur d'un homme. Je pleurais souvent.

Après Éva, il y eut Sophie, Julie, Vanessa, Céline, Béatrice, Lucie et tellement d'autres. Toutes, chacune à sa manière, m'ont rapproché de dieu, m'ont permis de découvrir une autre sensation, un autre sentiment. Quelle merveille indescriptible que de se sentir humain. Grâce à vous, les femmes. Je vous aime de tout mon cœur.

Aujourd'hui, je vais aimer Sandra. Et je sens que je vais encore faire l'expérience de nouvelles émotions. Il n'est qu'à voir la multitude de sentiments que je devine dans son magnifique regard lorsque je sors le marteau.

Une drôle d'odeur

Le type est entré dans le bar, s'est mis au comptoir et a commandé un verre de blanc.

– N'importe lequel, il a dit.

Le barman lui a servi un chablis, un des plus chers. Classique.

J'étais à côté du type. Et puis j'ai senti l'odeur. J'ai senti une odeur de dingue. Une puanteur. Mais une puanteur. Un truc indéfinissable et pourtant, on reconnaissait un fromage. Un fromage immonde, mais un fromage.

Petit à petit dans le bar, tout le monde a levé la tête, l'air plus ou moins dégouté. Cherchant le responsable. Le trouvant quasiment toujours. Le regardant. Le dévisageant.

Le type lui, semblait totalement déconnecté de l'ambiance du bar. Il sirotait son verre. Tranquillement. Comme si de rien n'était. Il regardait le bar, observait les gens, en souriant un peu. Un peu, mais pas trop. Juste un mec content de boire un verre.

Au bout de quelques instants, le patron est venu le voir :

— Monsieur, écoutez, votre fromage là.

Il avait identifié un fromage aussi.

— Votre fromage là, ça va pas être possible.

Le mec a ouvert de grands yeux :

— Mon fromage ?

— Oui là, votre truc dans votre sac.

Le mec a levé le bras qui portait le sac. La puanteur est montée d'un cran. Il a désigné le sac :

— Ah ça là ?

— Oui ça là, a fait le patron. Un peu moins patient. Un peu moins sympa.

— Ah mais non, c'est pas du fromage.

Et il a reposé son bras, et il a continué à siroter. En souriant. En souriant un peu, mais pas trop. Alors le patron a insisté :

— Je veux bien croire que ce soit pas un fromage. Vu l'odeur, je veux même bien croire que ça vienne d'une autre planète.

Le mec s'est marré.

— Ha ha ha, oui c'est possible.

Là le patron, ça le gonflait. Il avait l'impression que l'autre se foutait de lui. Il devait y avoir autre chose, mais quoi ? Le patron a repris :

— Le truc, c'est que d'où que ça vienne, ce que je voudrais moi, c'est que ça y retourne. Avant que mon bar soit déclaré zone sinistrée.

Le mec, il comprenait toujours pas. Il a relevé le bras pour montrer le sac.

– Votre bar, sinistré ? À cause de ça ? Non, je crois pas quand même.

Il a souri et continué à boire. Le patron, il rigolait plus du tout :

– Zone sinistrée rapport au fait que si vous restez trop longtemps, tous les murs vont être imprégnés de cette odeur infecte. Qu'il va falloir les passer à la chaux vive pour espérer s'en débarrasser. Rapport au fait que je ne sais pas comment vous faites pour supporter ça.

Dans le bar, les gens commençaient à s'énerver un peu. Certains étaient sortis pour respirer. D'autres se tenaient au niveau de la porte pour aérer. Mais le mec lui, il comprenait pas.

– Supporter quoi ?

Dans le bar, ça a été une sorte de bronca. « Non, mais il se fout de la gueule du monde ». « Ah, mais on n'a jamais vu ça ». « Un mec, il vient, il se balade avec une bombe à pus, un truc qui sent jusqu'à l'autre bout de la ville et il te dit qu'il comprend pas ». « Un truc, mais un truc. Un fromage qu'a pas de nom ». Le type se baladait avec un fromage qui pourrissait depuis que le fromage avait été inventé et il nous dit :

– Supporter quoi ?

Le patron a changé de ton :

– Écoutez, je ne sais pas pourquoi vous faites ça. Je ne sais pas. Je n'arrive pas non plus à comprendre comment vous pouvez ne pas sentir ce truc, mais il faut sortir. Là. Maintenant.

Le mec, il s'est pas démonté :

– Ah, je ne vous dis pas que je ne sens pas. Je sens bien. Mais, y-a pas de quoi en faire un fromage. Si je puis dire.

Et il s'est marré. En hoquetant un petit peu. C'était pas banal. Le patron, ça l'a pas fait marrer.

– C'est la dernière fois que je vous le dis. Ou vous allez jeter ce truc dégueulasse tout de suite. Ou vous sortez. Tout de suite.

Le mec a dit :

– Ah mais attendez parce que j'avais prévu de boire un autre verre moi.

– Rien du tout, vous sortez maintenant.

Je comprenais pas bien son manège. Je ne voulais pas sortir pour ne rien rater, mais l'odeur devenait vraiment difficile à supporter.

– Alors je sors, mais je dois aller chercher du liquide. J'ai pas de liquide. J'avais prévu de payer en carte. J'aime bien payer en carte. Comme ça on est sûr que les commerçants ne font pas de black. C'est important non ?

– DEHORS ! lui a gueulé le patron. Dehors ! M'en fous de ton verre. M'en fous de ton argent. M'en fous de ta gueule. Dégage !

Il est sorti. Tranquillement. Il a dit « Au revoir messieurs dames » et il est parti. J'ai payé mon coup au patron et j'ai suivi le type. Ça n'arrivait pas des trucs comme ça. Personne ne faisait ce genre de trucs. Il a marché un peu. Peut-être deux cents mètres et il est rentré dans un troquet. Je suis entré aussi, même si l'odeur me dégoutait de plus en plus. Il a demandé un verre de blanc. N'importe lequel. La patronne l'a servi. Lui pendant ce temps, il avait sorti un carnet et il a noté un truc dedans.

En le servant, la patronne a dit :

— Dites, c'est vous l'odeur là ?

Alors le mec a répondu :

— Quelle odeur ?

Elle avait l'air moins commode et moins patiente que le patron du bistrot précédent. L'odeur du fromage s'incrustait dans votre cerveau et montait par vagues. Sans interruption. Plus on restait près du mec, plus ça puait, plus ça devenait insoutenable. Pas le genre d'odeur à laquelle on s'habituait, au contraire. Alors quand la deuxième ou troisième vague lui est arrivée au cerveau, elle a insisté :

— Vous avez dû confondre mon bar avec une déchetterie. Vous allez partir et tout de suite.

Et le mec :

— Mais je ne peux pas vous payer vous savez, je n'ai qu'une carte bleue.

La patronne, elle s'en foutait, comme le patron avant, forcément :

— Vous faites fuir toute la clientèle, barrez-vous nom d'un chien, barrez-vous.

Le type est sorti. A marché un peu et a déposé son sac en plastique pourri dans une poubelle. Je l'ai suivi encore un peu et j'ai accéléré pour arriver à son niveau.

– Bonjour monsieur.

Il m'a regardé, surpris :

– Oui ?

– Dites, il y avait quoi dans votre sac ?

– Dans mon sac ?

– Oui, dans le sac que vous venez de jeter.

– Vous êtes sûr que vous voulez savoir ce qu'il y avait dedans ? Pas plutôt pourquoi je me trimballe avec ce sac ?

– Si. Encore que. Je pense avoir compris. C'est votre truc pour boire gratis.

– Pas mal hein. Ça ne fonctionne qu'une fois, mais il y a mille deux cents bars à Paris alors ça me laisse de quoi faire. Et comme j'adore la marche, je joins l'agréable au sympathique.

Je n'en revenais pas. Ça me paraissait bien compliqué pour se faire payer un coup. Et surtout cette odeur.

– Ah l'odeur ? Oui il faut ça, sinon ça ne fonctionne pas. Il faut que ce soit intenable. Et que ça vienne par vagues. Si ça vient trop vite, je me fais virer avant d'être servi. C'est un subtil mélange, dosage. Mais ça fonctionne.

– Mais vous prenez du plaisir à boire dans ces conditions ?

– Oh moi, je n'ai plus d'odorat. J'ai encore le goût, mais plus l'odorat alors ça ne me dérange pas. C'est comme ça que ça m'est venu d'ailleurs.

Et il me souriait. Comme un con. Comme le con alcoolique qu'il était.

De vrais jumeaux

Jusqu'à seize ans, Tom et Théo furent les meilleurs jumeaux du monde. Ils partageaient tout, ne vivaient que l'un pour l'autre. Tom ne pouvait être heureux si Théo était malheureux. Théo n'aurait jamais éprouvé de joie s'il n'avait pu la transmettre à son frère et réciproquement. Ils étaient régulièrement cités comme des modèles : de jumeaux, de frères et d'humains. À l'instar de cette phrase qui demande si l'on peut être heureux lorsque tant de gens sont malheureux, à leur petit niveau, Tom et Théo n'étaient heureux qu'ensemble et tous les deux. Les frères étant dans la même école, ils étaient souvent ensemble et souvent heureux, pour ne pas dire toujours.

Jusqu'à seize ans, Tom et Théo furent les meilleurs enfants du monde. Lorsque l'un aurait pu se laisser aller à une colère, l'autre le raisonnait. Pour peu que Tom fasse un caprice, Théo lui faisait entendre raison. Que Théo se blesse et Tom accourait pour soigner son bobo. Ni pleurs, ni cris, ni scandales pendant seize ans.

Même taille, même poids, mêmes yeux, même visage, Tom et Théo étaient en tous points semblables, pour le bonheur de tous leurs proches.

Vers seize ans, quelques semaines après leur anniversaire peut-être, Tom se mit à grossir. Un peu. Rien d'alarmant pour les proches. Mais Théo ne comprenait pas. Identiques en tout depuis toujours, pourquoi subitement Tom se mettait-il à faire des choses dans son coin ? Il en fit part à son frère :

– Pourquoi as-tu grossi Tom ? Nous ne nous ressemblons plus totalement, on peut nous distinguer maintenant. Ce n'est plus pareil.

À quoi Tom répondit :

– Est-ce parce que j'ai grossi ou parce que tu as maigri ? Tu pourrais grossir un peu et comme ça, on redeviendrait identiques !

Et de fait, Théo avait un peu maigri. Rien d'alarmant pour les proches. Mais Tom et Théo n'étaient plus semblables.

Ils discutèrent sur la meilleure marche à suivre et tombèrent d'accord, comme toujours. Il était plus simple que Théo grossisse. Après tout, ils avaient toujours été plutôt sveltes et supporteraient un kilo de plus.

Théo se mit donc à manger plus. Sans se goinfrer, il prit des portions plus grosses, se resservait une ou deux fois. Il voulait absolument que son frère et lui soient identiques. Dans le même mouvement, Tom fit un effort pour ne pas trop manger et ne pas continuer à grossir.

Une semaine plus tard, ils se regardaient dans la glace pour admirer leur ressemblance. Théo dit :

– J'ai grossi, j'ai grossi comme on avait dit.

– Je le vois, je le vois bien Théo.

– Oui j'ai grossi, mais comme tu as maigri, on ne se ressemble toujours pas.

Et c'était vrai : pendant que Théo grossissait, Tom maigrissait. Une semaine plus tard, ils en étaient au même point. Tom était plus maigre que Théo certes, mais en termes de ressemblance, cela ne changeait rien. Ils restaient différents. Pour leurs proches, qui avaient toujours eu un mal de chien à les identifier, les changements étaient encore plus perturbants. « Mais alors le plus maigre c'est Théo » ? « Non, ça c'était la semaine dernière. Cette semaine c'est l'inverse ».

Tom et Théo arrivèrent à la conclusion que pendant que l'un mangeait plus pour rattraper son frère, l'autre devait continuer à manger normalement. Et de fait, la semaine suivante, ils étaient à nouveau au même poids. Satisfaits. Heureux.

Malheureusement, quelques jours plus tard, Théo tombait malade. Une mauvaise grippe qui lui fit perdre de nombreux kilos. Dans le même temps, Tom continua à manger normalement, voire un peu plus. La différence était désormais très visible. Pour la première fois de toute leur vie, alors qu'ils allaient se promener en ville, après la convalescence de Théo, un commerçant parla à Tom en lui disant :

– Je te demande à toi parce que tu dois être le grand frère.

Théo n'en revenait pas :

– Tu te rends compte ! On nous prend pour des frères.

– Mais, c'est ce que nous sommes, répondit Tom.

– Nous sommes des jumeaux, non ?

– Oui, aussi.

– Non, pas aussi. Seulement ! Des frères jumeaux.

– Tu as raison, admit Tom.

Ils étaient jumeaux. Théo se mit à manger comme quatre. Il dévorait toute la nourriture, pressé qu'il était de recommencer à ressembler à son frère. À la fin de la semaine, Théo était aussi gros que Tom... la semaine précédente. Tom avait maigri. Beaucoup.

Les parents des jumeaux n'y comprenaient plus rien et avaient fini par abandonner. Tant que les deux étaient là, peu importait finalement de savoir lequel était le gros ou le maigre. Mais Théo était furieux :

– Tu le fais exprès ? Tu arrêtes de manger quand je mange pour qu'on ne se ressemble plus !

– Mais je t'assure que non, Théo. D'ailleurs, tu as bien vu que j'ai mangé normalement.

– Eh bien, ce n'est pas assez. Tu dois manger plus !

La semaine suivante, Tom se goinfra comme jamais. Les parents firent une remarque sur ce concours de goinfrerie qui allait devoir cesser. Le budget nourriture avait explosé. La semaine d'après, Tom ressemblait à un petit cochon et Théo à un squelette. Théo ne décolérait pas. Que se passait-il ? Ils avaient toujours été liés, toujours. Alors ?

Alors justement, ce fut Tom qui émit l'hypothèse :

— Peut-être que nous sommes toujours liés. Plus que jamais. Et que, eh bien, je ne sais pas, mais peut-être que si je mange trop, tu maigris, et l'inverse.

Théo ne comprenait pas où voulait en venir son frère alors ce dernier eut une idée :

— On va se peser cette semaine. Toi et moi. Et on verra la semaine prochaine, combien nous pesons tous les deux.

Théo n'était pas convaincu :

— Mais en attendant, je vais manger comme jamais sinon je vais ressembler à un cadavre.

Ils pesaient soixante-dix et quatre-vingts kilos, soit cent cinquante kilos à tous les deux. Ils avaient dix kilos d'écart, ce qui était beaucoup.

La semaine suivante, le gros Théo monta sur la balance :

— Soixante-dix-huit kilos.

Le maigre Tom le suivit :

— Soixante-douze kilos !

Toujours cent cinquante kilos à eux deux. La coïncidence surprit Théo :

— C'est quand même bizarre.

Mais pour Tom, cela confirmait ce qu'il pensait :

— C'est ce que je te disais, nous sommes liés ! Si je prends un kilo, tu perds un kilo et réciproquement.

— C'est complètement stupide ton histoire, Tom. Ça n'a aucun sens, ça n'existe pas.

Tom, vexé d'être rabroué par son frère, ajouta juste qu'il allait ne rien manger de la semaine et qu'on verrait bien. Et il sortit de la pièce. C'était la première brouille, même légère, entre les frères.

Tom tint sa parole, et fit la diète. Théo, déjà bien enrobé continua à manger normalement.

Ils n'attendirent pas la fin de la semaine pour un premier bilan et le mercredi, ils montèrent sur la balance, qui leur confirma ce que leurs yeux leur avaient indiqué :

– Théo : quatre-vingt-un kilos

– Tom : soixante-neuf kilos

Douze kilos d'écart. Et toujours cent cinquante kilos. C'était proprement incroyable. Tom s'en inquiéta vivement :

– J'ai douze kilos de moins que toi, si tu continues à manger comme ça, je vais y laisser ma peau. C'est fou tout de même.

– Mais tu ne te rends pas compte ? Nous sommes des vrais jumeaux, des jumeaux entiers, totaux, s'enthousiasmait Théo.

– Peut-être, mais je pèse douze kilos de moins que toi et ça ne s'arrange pas !

À ce stade, la différence était gênante, mais il suffisait que Théo mangeât moins et Tom plus pour qu'ils retrouvent leur équilibre. Ce qu'ils firent, car ils étaient frères, frères jumeaux. Et quatre jours plus tard, la balance confirmait l'impensable. Ils étaient liés.

– Théo : soixante-dix-sept kilos

– Tom : soixante-treize kilos.

Cela aurait dû souder les frères, les rapprocher à un point fusionnel jamais atteint par deux êtres humains. Mais Tom, à l'inverse de Théo, avait peur de la mort. Il y pensait souvent. Depuis qu'ils étaient jeunes, ils avaient eu de nombreuses discussions sur ce sujet, Théo cherchant à rassurer Tom. Mais peut-on rassurer une personne qui craint la mort ? Ce poids commun, ce lien, unique, inquiéta Tom. Et si Théo grossissait encore, beaucoup, beaucoup plus ? À combien de kilos serait-il trop faible pour reprendre son poids initial. S'il tombait malade longtemps, son frère continuerait à grossir. S'il dormait trop, s'il ne faisait pas assez de sport, la différence s'aggraverait encore. L'inquiétude de Tom monta d'un cran lorsque Théo proposa de vérifier, sans doute aucun, leur lien, en prenant encore 5 kilos.

– Pourquoi toi et pas moi ? s'enquit Tom.

– Parce que la différence sera plus parlante. Si je fais quatre-vingt-deux et toi soixante-huit, ce sera plus clair que si nous faisons tous les deux soixante-quinze.

– Et pourquoi ? Cent cinquante kilos à deux, ce sera aussi parlant. Plus parlant peut-être, insista Tom.

Théo se rangea à l'argument de Tom. Oui, ce serait plus parlant. Mais Tom se mit à douter quand même.

Le mardi suivant la balance confirmait l'inconcevable : soixante-quinze kilos chacun.

Théo était aux anges, Tom de moins en moins rassuré. Sa vie dépendait de Théo.

Théo, heureux, proposa à son frère qu'ils alternent : une semaine l'un pourrait se lâcher, manger sans se priver, la semaine suivante, ce serait l'autre frère. Comme ça, ils pourraient manger en se faisant plaisir, sans grossir.

Quel bonheur d'être deux, pensait Théo.

Quelle menace d'être deux, songeait Tom.

Aussi Tom se leva-t-il la nuit pour manger. Au début, relativement peu puis de plus en plus.

La semaine suivante Théo ne comprenait pas, il pesait maintenant soixante-treize kilos alors que sa semaine de ripaille venait de s'achever.

La semaine suivante Tom, qui avait accéléré la cadence, affichait quatre-vingt-trois kilos. Son frère soixante-sept.

Tom se rendait compte qu'il ne pourrait continuer comme cela. Il ne voulait pas de mal à son frère, il voulait juste avoir un peu d'avance. En cas d'accident ou de maladie.

Il décida, lorsque son frère, du haut de son mètre quatre-vingt-cinq atteignit les soixante-six kilos, de lui avouer la vérité.

– Tu cherches à me tuer ou quoi ? s'outragea Théo.

– Mais non. Mais j'ai peur alors, je voulais juste prendre de l'avance.

– De l'avance, de l'avance, mais de l'avance sur quoi ? Ça n'existe pas de prendre de l'avance sur le poids de son frère jumeau ! C'est une trahison.

Tom en convint et les deux frères admirent que les changements de poids n'étaient bons pour personne. Ils allaient revenir autour de soixante-quinze kilos et se surveilleraient à partir de là.

Mais Tom, qui mangeait comme deux depuis déjà quatre, cinq semaines, avait du mal à s'arrêter. Son estomac, et son cerveau demandaient de la nourriture. Aussi, continua-t-il à descendre manger la nuit. Pas par calcul mais par besoin. Deux jours plus tard, Théo montait sur la balance et constata ce qu'il savait déjà : il avait encore perdu deux kilos. À soixante-six kilos, il commençait à faire peur.

Ses parents voulurent l'emmener chez le médecin :

— Tom, tu dois aller consulter. Cela devient inquiétant.

— Je m'appelle Théo ! Je suis Théo. Le maigre, c'est Théo. C'est Tom le gros !

Jamais il n'avait accablé son frère sous quelque forme que ce soit. Solidaire toujours et toujours ravi d'être confondu. Jusqu'à présent.

À soixante-deux kilos, Théo eut une discussion avec son frère :

— Frérot, tu es en train de me tuer, tu sais ? Il faut faire quelque chose.

— Mais quoi ? Je n'y arrive pas. J'ai toujours faim, avoua Tom.

— Mais c'est moi que tu manges ! hurla Théo.

— Je sais mais je n'y peux rien, je n'arrive pas à me raisonner.

— Alors tu vas me tuer parce que tu n'y peux rien ? voulut savoir Théo.

— Non, bien sûr, non, je vais faire un effort. Je te le

promets frérot.

Mais frérot Théo ne croyait plus aux promesses de gros Tom. Il voyait bien que ce dernier avait un problème avec la nourriture. Aussi, tenta-t-il de convaincre ses parents, que celui qui avait un problème n'était pas le maigre mais le gros. Les parents, toujours dans le brouillard, finirent par proposer à Tom, la pose d'un anneau gastrique. À quatre-vingt-huit kilos, il n'était pourtant pas obèse. La proposition le terrifia.

– Un anneau gastrique, mais pourquoi ? Je mange beaucoup mais ça va, je ne suis pas obèse et je suis jeune.

– Oui, mais tu as pris plus de vingt kilos en quelques semaines, il faut que cela s'arrête, insistèrent les parents.

Un anneau gastrique ? C'était surement Théo qui avait glissé l'idée :

– C'est Théo c'est ça ? C'est lui qui vous a soufflé l'idée.

– Oui, mais...

Théo, Théo était prêt à tout, Tom en avait maintenant la preuve. La pose d'un anneau gastrique, dans leur cas, c'était l'assurance de mourir de maigreur dans les deux mois. Théo prendrait dix kilos par semaine et d'ici peu, le jumeau serait le seul rescapé. Tom refusa, sans appel, la pose de quelque anneau que ce soit. Les parents, conscients qu'il était un peu tôt pour pousser le sujet, firent marche arrière.

Dès lors, ce fut une frénésie de nourriture des deux côtés. L'estomac de Tom, plus gros, il pouvait manger plus que son frère. Théo, conscient de son handicap, se forçait à manger les plats les plus gras. Il cherchait sur internet les combinaisons les plus inappropriées. Il mangeait entre les repas, terminait toujours par du sucre, se nourrissait presque exclusivement de Nutella, pomme de terre, riz, pois chiche, banane, saindoux, noix de cajou, pistache, engloutissait des litres de coca sucré, mais rien n'y faisait. Tom l'imitait et supportait de plus grandes quantités. Les deux frères ne se parlaient plus, ne parlaient plus à personne d'ailleurs.

Ils cessèrent d'aller en cours, au grand dam des parents. Ils arrêtèrent le sport.

Lorsque Tom fut à quatre-vingt-seize kilos, son frère était désormais trop faible pour rivaliser et tomba rapidement à cinquante kilos. Tom pouvait finir de manger Théo.

La frénésie retomba, comme après un match. Tom se rendit compte, dans le silence qui suivit, de l'inanité de son comportement, prit conscience qu'il allait tuer son frère.

Mais dans le même moment, il réalisa que leur lien était brisé, que tant que l'un vivrait, l'autre se méfierait. Qu'arriverait-il lorsqu'il quitterait la maison, n'aurait plus l'autre sous les yeux ? Tom ne pourrait pas vivre avec cette peur au ventre. Et Tom ne pourrait pas non plus continuer à manger au risque de tuer son frère. Ce dilemme coupa l'appétit à Tom. Qui ne put plus rien avaler dans les jours qui suivirent.

*

Quelques mois plus tard, la mère de Théo vint le chercher dans sa chambre.

— Dépêche-toi mon chéri, le médecin nous attend.

— Si tu crois que c'est facile de se dépêcher quand on fait cent-cinquante kilos.

Ridicule

— Vous allez continuer longtemps ?

Jean, plongé dans son ordinateur, leva la tête avec le sentiment que cette phrase lui était adressée. Mal à l'aise, il regarda en face de lui. Effectivement, Max, la quarantaine, le regardait, furieusement. Jean eut un mouvement de recul. Pourquoi lui parlait-il, que lui voulait-il ? Avait-on jamais vu ça ? Dans un train.

— Oui, c'est à vous que je parle !

Max était lancé et quand Max était lancé, il était compliqué de l'arrêter. Même ses amis échouaient plus souvent qu'ils ne réussissaient. Lorsqu'il s'énervait, Max atteignait un état second. Pour la plupart des gens, l'état second est un état d'apaisement, de sublimation. Pour Max, son état second s'apparentait à un retour à l'état animal. Il cessait de réfléchir, cessait d'entendre, cessait de raisonner. Comme un type complètement bourré. L'état second de Max à jeun, c'était d'être aussi con et borné qu'un mec bourré. Comme personne ne voyait qu'il était bourré, la plupart des gens cherchaient à discuter, argumenter. En pure perte.

– Vous allez continuer longtemps ?

Jean fut saisi. Ce n'était pas tous les jours qu'on trouvait, à 8 heures du matin, un type furibard qui vous alpaguait ainsi. Il chercha à faire bonne figure et sourit. Un sourire devait désarmer l'agressivité :

– Bonjour monsieur, que puis-je pour votre service ?

Mais lorsque Max était dans cet état, il n'interprétait pas normalement. Ce sourire ? C'était une provocation.

– Ah parce qu'en plus tu te fous de ma gueule. Ah la soupe est bonne !

Jean n'en revenait pas. La situation dégénérait rapidement.

– Et me regarde pas avec cette gueule du mec qui sait pas ce qu'il a fait, ça m'énerve encore plus.

La panique commença à gagner Jean. Il se passait quelque chose qu'il ne maitrisait pas. Max, en face, était encore monté d'un cran.

– Non mais je rêve, regardez-moi cette gueule de ravi de la crèche. On te retrouve à poil, la bite à l'air, dans un orphelinat de petites filles et toi, tu demandes « qu'est-ce que j'ai fait » ?

La conversation prenait une tournure dramatique. Ce type venait de le traiter de pédophile, non ? Il ne le connaissait pas, ne l'avait jamais vu et accessoirement, il n'était pas pédophile. Ni de près, ni de loin.

– Ah non, mais l'aplomb des gens, l'aplomb des gens ! Bientôt tu vas me demander de m'excuser, c'est ça ?

Jean se mit à rougir. Une belle pastèque. Une pastèque avec des lunettes mais une pastèque.

L'homme assis à côté de Jean voulut prendre sa défense. Il tenta, mais sans l'assurance nécessaire un :

— Monsieur, je vous en prie, un peu de tenue. Vous vous ridiculisez.

Max, prenant subitement conscience d'un deuxième adversaire, car il en était là, jeta un œil sur l'intrus :

— C'est toi qui me parle de tenue ?

L'homme, qui était pourtant content de sa sortie, du ton qu'il avait employé, de l'intention qu'il avait mise sentit le vent tourner.

— Alors parce que monsieur porte un costard, il pense qu'il peut donner des leçons ? Mais si j'en crois les quinze dernières minutes, ton costard est bourré des crottes de nez que t'as passé ton temps à collecter. Tu me parles de tenue ? C'est pour proposer un échange de crottes de nez, c'est ça ? Apparemment, il t'en reste encore mais dès que t'as fini, tu reviens me donner des leçons de bonnes manières, pas de souci.

Max, qui avait accueilli l'intervention de son voisin avec soulagement, sentit la panique revenir. Ce con de voisin venait juste d'énerver Max encore un peu plus. Les autres personnes dans le wagon, qui chuchotaient, allaient peut-être entamer une rébellion, se tenaient maintenant tranquillement dans leur coin.

— Alors, vous allez arrêter oui ?

— Mais arrêtez quoi à la fin !

— Arrêter quoi ? Non mais vous vous foutez de ma gueule ? C'est pas assez de me pourrir mon voyage, il faut en plus que je prenne un ticket pour « foutage de gueule » et avec le sourire. Ah mais, ah non mais, je ne sais pas ce qui me retient !

La situation, de ridicule, menaçait de virer au tragique. Et Jean n'avait toujours pas la moindre idée de ce qui n'allait pas. Il se dit que le mieux était encore d'ignorer ce fou et il replongea dans son PC.

— Il recommence. Mais vas-y, crache-moi à la gueule, ça ira plus vite.

Donc, cela venait de son PC. C'était ça peut-être. Il faisait une partie de solitaire.

— C'est, c'est mon PC qui vous gêne ?

— Mon PC, il me demande si c'est son PC. Non monsieur, c'est pas le PC qui me gêne, c'est l'excroissance qu'il y a au bout.

Ne pas répondre à la provocation.

— Oui enfin, je vous gêne quand je me sers de mon PC ?

Max qui, dans cet état, ne comprenait qu'une position, la sienne, fut sincèrement surpris que le type en face ait mis si longtemps à comprendre. Emporté par son élan, il n'allait pas s'arrêter en si bon chemin, baisser les armes.

— Mesdames, messieurs, nous avons le roi de la déduction. Ne commettez pas de meurtre dans ce train, Sherlock est avec nous.

Jean se rassura immédiatement. Le problème était identifié. Le règlement était proche.

— Vous voulez que j'arrête de jouer ?

— Mais, mais tu me prends pour un Nazi. Après le

mépris, l'insulte. Tu vas loin Sherlock. Tu vas trop loin.

– Mais à la fin, dites-moi ce que vous voulez que je fasse, merde !

Cet éclat, bizarrement, sembla calmer Max. Il sourit :

– A la bonne heure. T'as pas trop de discernement donc tu demandes à ceux qui en ont. Un point pour toi. Voilà ce que je veux : « que tu baisses le son de ton jeu de merde ».

Jean serait tombé s'il n'était assis. Ce débile léger lui prenait la tête à cause du bruit. Max, comprenant au regard de Jean, ajouta :

– Oui. Tu joues au solitaire et à chaque fois que tu bouges une carte ça fait « fuuut ». Fuuut, fuuut, fuuut, 30 fois par minutes. Et ça m'énerve. D'ailleurs je ne comprends pas que ça n'énerve que moi.

Et prenant le wagon à témoin :

– Ça ne vous énerve pas vous ?

Ce qui énervait le wagon, c'était ce fou furieux qui braillait sur tout et tout le monde depuis maintenant 10 minutes. Personne ne répondit. Max se retournant vers Jean lui demanda, avec un sourire, sincère :

– Pourriez-vous baisser le son de votre machin pendant que vous jouez ?

Jean, soulagé, et pourtant outré d'avoir été pris à parti pour si peu, décida de jouer l'apaisement :

– Avec plaisir monsieur.

– Merci beaucoup, conclut Max avec un sourire.

Jean coupa le son et se remit à jouer, jetant un œil

inquiet vers son vis à vis de manière régulière. Max était calmé. Mais petit à petit, il se remit à regarder Jean. Avec un regard de moins en moins chaleureux. Et quinze minutes plus tard :

– C'est ridicule monsieur ! Ridicule !

Le sourieur

Le vieux monsieur entra dans la rame de métro, sans que personne ne lui prête attention. Personne ne prêtait jamais attention au vieux monsieur. D'aussi loin qu'il se souvienne, il était toujours passé inaperçu.

Il s'assit dans le métro, un de ces nouveaux métros sur la ligne 6, sans séparation entre les wagons. Il trouvait cela plus convivial. Tout le monde était dans le même wagon, tout le monde partageait le même voyage. Il attachait beaucoup d'importance à la convivialité. Il vivait seul, mais n'imaginait pas son existence sans les autres.

Il observa les gens autour de lui. Le métro n'était pas bondé. Il y avait du monde, mais rien d'oppressant. Il pouvait examiner les gens, les étudier : des visages plutôt fermés, les yeux rivés sur les téléphones portables pour la plupart, avec des écouteurs pour beaucoup d'entre eux. Chacun dans son monde. Le vieux monsieur n'aimait pas cela, mais il comprenait. Il comprenait que lorsque l'on n'a plus rien à partager, la tentation est grande de se refermer, de faire un, plutôt que de faire plein. Il comprenait ces choses-là. Il les avait vécues et s'il avait toujours résisté à cette envie de se couper des autres, il comprenait la lutte, il la comprenait trop bien.

Sur la vingtaine de personnes dans son entourage immédiat, il constata que plus de dix regardaient leurs portables, trois ou quatre avaient un livre ou une liseuse et les autres restaient les yeux dans le vide, tendus, stressés, inquiets, faisant la tête. Il sourit.

Il regarda l'homme en costume assis à sa gauche. L'homme ne tourna pas la tête, mais fit un mouvement des yeux. Il était inquiet de cette intrusion mais ne voulait pas montrer qu'il en avait conscience. Rassuré par ce coup d'œil latéral, certain que le vieux n'allait pas lui parler, il replongea dans son téléphone.

– Vous allez bien ? lui demanda le vieux monsieur.

Il avait parlé fort. Il avait parlé de cette voix un peu trop sonore qu'ont souvent les désaxés, les malheureux, les gens perdus dans le métro ou dans la vie. Il parlait de cette voix qu'utilisent ceux qui sont si loin, qu'ils pensent qu'en hurlant, on les entendra mieux. Le vieux monsieur avait la même voix, ou plutôt le même ton, mais il ne semblait pas perdu.

L'homme en costume assis à côté était partagé. Entre la peur de cet inconnu, l'envie de se lever pour s'éloigner et la crainte du ridicule. Il hésita, mais laissa passer trop de temps pour pouvoir se lever naturellement. Le vieux monsieur le savait. Les gens voulaient se lever, ils voulaient partir, mais ils n'osaient pas. Ils n'osaient presque jamais. Alors l'homme au costume répondit calmement, mais sans sourire :

– Ça va oui.

Le sourire du vieux monsieur s'élargit et dans ce sourire triste qui lui mangeait tout le visage, on lisait de la joie et de la souffrance. Laurent voyant ce sourire ajouta :

– Merci.

Et il reprit sa lecture.

– Vous ne me demandez pas comment je vais ? continua le vieil homme.

La femme au foulard assise en face de Laurent leva la tête de son téléphone et observa, avec une certaine gêne, cet échange. Laurent commençait à regretter de ne pas s'être levé. Pourtant, il tenta de faire bonne figure :

– Si, bien sûr. Vous allez bien ?

Le vieil homme éclata de rire. Un grand rire fort, net, sain et il prit le wagon, c'est-à-dire le train entier, à partie.

– Ah, vous entendez ça, il me demande si je vais bien !

Plusieurs personnes levèrent la tête, agacées, embarrassées, surprises. Encore un vieux fou qui allait gâcher leur voyage. Elles n'avaient vraiment pas besoin de cela en ce moment.

– Madame, vous avez vu, le monsieur m'a demandé comment j'allais. Qu'est-ce que vous croyez ? Vous diriez quoi vous ?

Et la femme au foulard observa ce vieil original, tenta d'y déceler cette folie qu'elle supposait, mais resta perplexe. Il souriait toujours, alors elle sourit à son tour :

– Je ne sais pas.

– Ah mais il faut savoir, il faut savoir madame ! Moi par exemple...

Le sourire était monté jusqu'à ses yeux, alors qu'il concluait sa phrase :

– Je vous dis que vous allez bien !

Elle n'allait pas bien pourtant. Non, elle n'allait pas bien du tout. La fatigue, les problèmes d'argent, le stress, la situation, tout. Pourtant Fatou sourit, presque malgré elle et dit :

– Oui, peut-être.

– Peut-être ! Allez « peut-être bien », c'est aller déjà bien non ?

Il ne cherchait pas encore les regards des autres. Il savait qu'il était un peu tôt.

– Nous les gens, on est drôle ! Quand on va bien, on se cherche toujours des raisons de ne pas aller bien. Toujours.

Fatou, gênée par son sourire, n'arrivait pas à le faire disparaitre. Un autre homme, avec un gros casque sur la tête, debout, observait la discussion. Il avait coupé le son et son visage perdant ses rides d'angoisses affichait maintenant des marques de concentration.

– Alors, à force de chercher, on finit par trouver. C'est pas très compliqué en ce moment. Et moins on va bien...

Il fit une pause, il avait encore un peu élevé la voix, il cabotinait presque maintenant. Il reprit, sur le même ton de bateleur.

– Moins on va bien. Et moins on va bien, moins on va bien ! J'ai connu ça. J'ai connu ça, dit-il d'une voix plus posée.

Pour reprendre aussitôt :

– Vous aussi non, vous avez connu ça ? lança-t-il à la vieille dame qui était assise sur un strapontin, un peu à sa droite.

La vieille n'en revenait pas. Que lui voulait-il, ce vieux monsieur qui parlait si fort ? Son éducation la poussait à ne pas engager la conversation avec un vieux malpoli. Cette même éducation l'obligeait à répondre lorsqu'on lui adressait la parole.

– Surement, dit-elle d'un air pincé.

– Oh, la tête ! lança le vieil homme, mi-surpris, mi-rigolard. Qu'est-ce que c'est que cet air pincé, cet air tout chiffonné madame ?

La vieille dame en serait tombée de son strapontin, mais c'était dit avec un tel naturel, avec toujours ce grand sourire triste, qu'elle n'arrivait pas à se vexer, ou à monter d'un cran dans l'énervement. Les gens autour souriaient maintenant. Il continua :

– Voulez-vous m'enlever ce chiffon de votre visage ! tonna-t-il.

Eugénie ne put s'empêcher de rire. Quand lui avait-on parlé comme cela pour la dernière fois ? Elle se prit à penser à sa mère, oui, sa mère lui parlait ainsi. C'était il y a si longtemps. Alors qu'elle repensait à sa mère, son sourire s'agrandit encore un peu, empreint de tristesse, cette tristesse saine qui nous aide à supporter l'insupportable.

– Ah, voilà ! C'est mieux !

La voix du vieux monsieur avait encore gagné en volume.

– Vous savez ce qui se passe quand on provoque un sourire ? Vous le savez madame ?

Eugénie ne savait pas, mais recommençait à craindre le pire. Il allait peut-être lui sortir une longue histoire liée à quelques croyances, ou religions et Eugénie, athée, ne se sentait pas d'entendre cela. Mais que pouvait-elle répondre à ce monsieur :

– Non, je ne sais pas.

Alors, tel un vieux sage, il dit, sur le ton de la confidence :

– Une personne sourit.

Eugénie acquiesça. Il était drôle ce vieux fou.

Le métro venait de s'arrêter à une station, quelques personnes montèrent.

– Tenez, vous là !

Et le vieil homme allongea la jambe pour toucher la chaussure d'une jeune femme presque en face de lui. La jeune femme aux lunettes sursauta, observa avec inquiétude ce vieux qui lui faisait du pied. Mais elle vit aussi que tout le monde la regardait. Elle s'était déjà fait harceler dans le métro et dans ces cas-là, personne ne semblait la voir, elle était comme invisible. Alors pourquoi tout le monde la fixait-il ? Son anxiété monta d'un cran tandis que le vieux monsieur continuait :

– Je suis sûr que si vous regardez votre voisin, il va vous sourire.

Elle ne comprenait rien, mais tourna machinalement la tête, et oui, ce jeune homme lui souriait. Pas un de ces sourires de dragueurs, de vicieux, non, un beau sourire et elle voyait bien qu'il ne faisait pas exprès. Il ne pouvait pas s'empêcher de sourire. Il en semblait le premier surpris. Alors Laura lui sourit en retour, machinalement.

Le vieux monsieur se leva, fit un tour sur lui-même, regarda tous les gens, et tous les gens, tous les gens sans exception lui souriaient, se souriaient. Il regarda sa montre. Cinq minutes. Pas plus de cinq minutes pour faire sourire un métro. Il savait aussi que les sourires disparaitraient presque aussi vite. Mais pendant quelques instants encore, les passagers resteraient avec ce sourire qui deviendrait souvenir. Et ce souvenir, ils l'emporteraient avec eux, ils le raconteraient, ils le démultiplieraient.

Il continua un peu son tour du métro et plus personne ne se cachait ou ne faisait semblant de lire son journal, son téléphone. Il connaissait ce moment, cette bascule. Cet état où les passagers qui s'inquiétaient d'être importunés, s'inquiétaient maintenant de rater un bon moment, de ne pas en être. Ne pas être de ces cinq minutes de sourire qu'il leur offrait. Il observa une dernière fois la foule : tous les âges, toutes les couleurs, tous les habits, tout y était.

— Je descends là, mais je n'emporte pas mon sourire, je vous le laisse.

Il pivota brusquement et sortit. Il avait eu le temps d'apercevoir les yeux voilés d'un homme. Oui, ce petit moment arrivait à faire monter quelques larmes d'émotion. Oh, des petites larmes, qui ne perlaient pas, mais l'émotion était réelle. Chaque fois.

Il devait partir rapidement, pour que le moment de grâce reste en suspens, ne retombe pas trop vite. S'il voulait vraiment faire sourire ces gens, il devait s'esquiver, ne pas trop profiter du moment avec eux. Depuis cinq ans qu'il faisait cela tous les jours, il connaissait bien les habitudes et les mystères des passagers du métro.

Chaque fois qu'il descendait, il leur laissait son sourire. Sur le chemin du retour, quand il regagnait son petit studio, il prolongeait l'instant, s'imaginait continuant la discussion avec les passagers, leur soufflant :

– Vous savez ce que j'ai fait quand je suis arrivé en France ?

Les passagers n'auraient pas su. Il aurait continué :

– Je suis allé voir ma fille. Oui, parce que moi, je suis du Maroc. Mais ma fille elle avait toujours rêvé de vivre à Paris. Moi, ça me faisait peur, mais les enfants ils doivent vivre leur vie. Et comme ma fille, ma petite fille était tout pour moi, qu'est-ce qu'on peut faire nous, les parents, à part les laisser vivre leur vie ?

Il leur aurait dit ça. Chaque fois qu'il prolongeait cette rêverie, il imaginait les visages concentrés, arborant toujours leurs sourires tandis qu'il finissait son histoire.

– Oui, quand je suis arrivé en France, il y a cinq ans, la première chose que j'ai faite, c'est d'aller voir ma petite fille.

Et la tristesse de son sourire aurait paru naturelle à tout le monde lorsqu'il aurait ajouté :

– Je suis allé au Père-Lachaise pour lui dire au revoir.

Elle n'est pas très loin de ce poète qui chantait du rock. J'imagine qu'elle doit être heureuse, parce qu'elle aimait beaucoup le rock.

Et il partirait, et il penserait, comme il pensait toujours : « Vous savez pourquoi je vous laisse mon sourire ? Parce que je n'en ai plus besoin ».

Le brouillon

Tout le monde l'appelait « le brouillon ». Parce qu'il était tellement laid, que personne ne pouvait croire qu'il soit fini. On aurait pu l'appeler l'esquisse, l'ébauche, mais il y a de magnifiques ébauches. Une esquisse c'est, parfois, un chef-d'œuvre en devenir. Un brouillon, c'est une pièce pas finie.

« Le brouillon » connaissait son sobriquet. Il se demandait parfois comment un surnom prend vie, et surtout, comment il continue à vous suivre, partout. « Le brouillon » avait rompu les ponts avec ses semblants d'amis, ses relations, sa famille, hormis sa mère. Il avait quitté sa ville natale pour aller se perdre à Paris, y chercher un anonymat rassurant.

Il y avait fait de nouvelles rencontres, constitué de nouvelles relations. Il était toujours laid, mais pendant quelques mois, il avait vécu l'illusion d'un autre possible. Une deuxième chance.

Un jour, alors que son chef passait en coup de vent, un de ses collègues vint lui demander :

– Chef, vous pourriez me dire où en est le dossier Baretti ?

– Pas le temps, je dois filer. Vois ça avec « le brouillon ».

« Le brouillon » avait senti un blanc, un ange passer. Un ange lourd et maladroit, mais un ange quand même. Ainsi, il était encore « le brouillon ». Comment était-ce possible ? Il avait coupé toutes les amarres avec son ancienne vie, n'avait pas de compte Facebook, Twitter. Il n'existait pas sur internet pour ainsi dire. Comment était-ce possible ? Comment ?

Cette remarque de son chef avait en quelque sorte validé son surnom. Tout le monde au sein de l'entreprise se mit à l'appeler « le brouillon ».

Il aurait voulu les haïr. Il aurait pu, assez naturellement. Mais il voyait bien que ces gens étaient négligents, qu'ils l'appelaient « brouillon » comme ils rangent leur course dans leur frigo : sans y penser. C'était le plus blessant, le plus insupportable : il n'y avait pas de méchanceté derrière son surnom, mais un simple constat.

Et la haine était un sentiment qui le mettait mal à l'aise. Trop facile, trop simple, trop évident. Le mépris lui correspondait mieux, mais il avait l'intelligence de comprendre que ce mépris était une arme à double tranchant, qui l'éloignerait des autres. Et qu'il serait celui qui paierait le plus lourd tribut à son dédain.

Il avait eu des discussions sur la laideur dans son ancienne ville, ou à Paris. Tout le monde lui renvoyait Gainsbourg à la face. Oui, Gainsbourg, il aurait pu le haïr, même s'il n'y était pour rien. La plupart des gens laids, l'extrême majorité des gens exceptionnellement laids sont traités comme des quantités négligeables.

Méprisés, moqués ou pire. Et parce que, de temps en temps, un ou deux réussissent malgré cela, tous les autres, les non laids peuvent se cacher derrière, nier la réalité de la laideur extrême.

– Mais enfin, un laid sur un million a réussi à faire de son handicap une force, alors pourquoi pas toi.

Il aurait voulu les voir, le lendemain d'un diagnostic de cancer généralisé au stade final :

– Mais enfin, le taux de survie à cinq ans est de 0,01 % ! Un sur dix mille, de quoi te plains-tu ?

Mais il ne pouvait se réjouir bien sûr.

Il aurait tout de même voulu leur faire prendre conscience que sa laideur n'était pas anodine. Il n'était pas « juste moche » ou un peu éloigné des canons de la beauté dominants l'époque. Il était incroyablement laid.

Sa vie était morne, lamentablement morne. Très peu de relations, quelques camarades, pas d'amis et aucune femme. Ah les femmes. Il aurait voulu les aimer, comme Gainsbourg. Il lui semblait qu'il aurait su aimer, à la Cyrano peut-être. Mais il n'avait ni la grâce, ni le talent, ni le panache d'un Cyrano. Sa vie sentimentale se résumait à quelques rencontres décevantes via des sites en ligne, mais il avait cessé. Il craignait trop le premier regard. Lorsque la femme arrive, réalise la laideur du « brouillon » ; le premier mouvement de recul, les yeux qui se détournent. Puis la conscience que peut-être, cet homme laid va comprendre la répulsion qu'il inspire à cette femme ; enfin, l'intention de masquer sa déception, encore plus déchirante et souvent, la pitié : « mon dieu qu'il est laid, ce doit être dur pour lui ».

« Le brouillon » aurait pu trouver réconfort auprès de sa

mère. Les mères aiment leurs enfants, même laids. Mais sa mère cherchait à compenser, en faisait trop. Cette manie de lui dire qu'il était beau, qu'il était le plus beau, sonnait faux. Cela le heurtait, l'insultait. Non, il n'était pas beau. Que sa mère le trouve beau, pourquoi pas, mais pas le plus beau, pas beau de manière objective. Il était laid, le savait et ne pouvait pas y faire grand-chose.

Il avait suivi nombre de thérapies de groupes ou individuelles, avait vu des psychiatres, psychologues, psychanalystes. École freudienne, lacanienne, jungienne, il avait tout tenté, sans succès.

Son problème, plus que la laideur, était l'absence de perspective. Que faire ? Apprendre à vivre avec sa laideur ? C'était fait. Mais ne changeait rien. Jouer l'extraverti pour faire oublier sa laideur ? Parler fort, tenter d'être drôle, subtile ? Il n'était ni l'un ni l'autre.

Restait la chirurgie esthétique. Oui, la chirurgie était une solution. Une vraie solution :

— Recoller les escalopes qui lui servaient d'oreilles.

— Raboter ce nez en forme de patate.

— Relever les paupières tombantes qui lui donnaient cet air bovin.

— Affiner ses grosses lèvres qui, loin d'être pulpeuses, ressemblaient à deux limaces.

— Couper, scier, remodeler ici et là, ces traits manquants cruellement de finesse.

— Reboucher les trous de cette peau vérolée.

Mais toujours, au moment de franchir le pas, il s'inquiétait : et si, après, il ressemblait vraiment à un brouillon. Et si on l'appelait encore « le brouillon ». Il ne pensait pas pouvoir y survivre.

Il finit par franchir le pas, après avoir entendu une femme, avec laquelle il pensait que, peut-être, quelque chose serait possible, dire à une de ses relations :

– Non mais attends, je sais pas pourquoi vous l'appelez le brouillon. Il est ni fait, ni à faire. Moi, j'appelle ça un torchon.

Le lendemain, il était chez un spécialiste parisien. Sa mère avait accepté de prêter l'argent nécessaire, sans sourciller. Le praticien avait préconisé de multiples opérations, étalées dans le temps, pour affiner, améliorer, ajuster. Mais « le brouillon » n'en pouvait plus. « Le brouillon » voulait faire table rase du passé. Tout changer. Être un autre, physiquement au moins. Un rêve que beaucoup d'entre nous aimeraient pouvoir exaucer.

Alors il fit un bilan, complet, de tout ce qu'il fallait changer. « Le brouillon », dans ses indications au docteur, fit remarquer qu'il aimerait bien ressembler à George Clooney.

Le médecin songea que pour atteindre ce résultat, il faudrait dépenser l'équivalent de la fortune de l'acteur, mais se contenta d'un sobre :

– Nous ferons ce que nous pourrons.

L'opération se passa six semaines plus tard. « Le brouillon » avait pris quatre semaines de congés. Pour revenir avec un nouveau visage. Il avait hésité à changer de travail par la même occasion, mais il lui semblait que se confronter à l'ancien monde était nécessaire. Pour que sa victoire fût totale.

L'opération eut lieu, sans incident. Le médecin enleva

ou fit enlever les bandes une par une pendant les trois semaines qui suivirent. Et enfin, « le brouillon » put se regarder dans le miroir.

C'était bien un Clooney qui le contemplait mais plutôt René, le frère caché. Les oreilles étaient bien collées, bien droites mais le faisaient ressembler à un chat qui se hérisse. Les paupières relevées au maximum lui donnaient un air de cocaïnomane en pleine montée. Le nez, biseauté, avait dû être volé sur le cadavre de Michael Jackson et le rendait inquiétant. Les lèvres étaient passées de saucisses de Toulouse à saucisses de Francfort. Il ne se ressemblait plus, mais ne ressemblait à rien non plus.

Le médecin tenta de le rassurer : les quelques jours à venir allaient profondément changer le rendu global.

Le lendemain, de fait, il aimait déjà plus ce qu'il avait sous les yeux, et cinq jours plus tard, il était impatient, fier de retourner au bureau. Pour leur montrer.

Dans le métro, première satisfaction, il ne sentait plus de regards insistants sur lui.

Il arriva, volontairement, en retard. Pour que tout le monde soit présent, lorsqu'il pénétrerait dans le bureau. Il se sentait beau, majestueux, impérial, vivant. Tout le monde le regardait, l'observait. Il ne percevait pas d'horreur, de la surprise oui, mais pas de rejet. Son pari était gagné.

Lorsqu'il s'assit à son bureau, son voisin lui lança, assez fort pour que tout le monde entende :

– Hey Mickey Rourke, tu veux pas aller me chercher du brouillon, l'ancien est tout salopé.

S'il n'en reste qu'un

S'il n'en reste qu'un, je ne serai peut-être pas celui-là mais ce ne sera surement pas cet enculé de Bastien. Bastien, un prénom de nain qui rime avec rien. Fumier de Bastien. Allez, même s'il n'en reste que sept milliards huit cent soixante-cinq millions, Bastien ne sera pas dedans. S'il est chez lui quand j'arrive, il ne sera plus nulle part quand je partirai.

Qu'est-ce que c'est que cette ordure, ce salopard. Bastien par ci, Bastien par là. J'aime pas bien qu'on me balade. J'aime pas bien qu'on me prenne pour un con.

— Tu connais des gens qui aiment ça toi ?

Hein ? Quoi ?

— Je te demande si tu connais des gens qui aiment être pris pour un con ?

Putain, mais j'entends des voix ou quoi ? J'entends des voix dans ma tête ?

— Tu préférerais les entendre dans tes pieds ?

Merde. Qu'est-ce que c'est que cette connerie ?

– Reste poli.

Reste poli, reste poli, je fais ce que je veux, c'est ma tête quand même.

– Ta tête, ta tête, c'est vite dit.

Bon, calme-toi... respire... expire... Ah, ça va mieux.

Je me suis fait peur. Non, mais on n'a pas idée de se parler tout seul. Pas à ce point-là.

Bon, alors, qu'est-ce que je disais ? Ah oui, cet enculé de Bastien. Il va manger grave. Il va prendre cher. Quand j'en aurai fini avec lui, si sa mère le reconnait ce sera pour le déshériter. Ahahah, c'est marrant ça.

– Mouais, y a pas de quoi se faire une entorse.

Quoi ? Merde, ça recommence ? Qui parle ?

– Moi.

Qui ça moi ?

– Moi.

Moi, moi, ça veut rien ça. Et moi alors ?

– Ben toi, c'est toi et moi, c'est moi.

Bon dieu, c'est le truc le plus con que j'ai entendu de l'année. Et encore, je suis gentil.

– C'est pas ce qu'on m'a dit.

De quoi ?

– Que t'étais gentil. C'est pas ce qu'on m'a dit.

Qui ça, on ?

– Des gens.

Des gens ? Mais comment tu parles aux gens toi ? Si t'es dans ma tête. Quels gens ?

– Je dévoile pas mes sources.

Tes sources, non mais, mais... Je serais tombé sur une voix dans ma tête qui veut pas me parler ? C'est le monde à l'envers. Allez, sérieux t'es qui ?

– Je dis pas qui je suis.

Tu, je... OK. Écoute, je vais m'occuper de cet enculé de Bastien et après, je m'occupe de toi.

– Je voudrais bien voir comment tu vas t'occuper de moi.

Je, je sais pas encore, mais je vais trouver. T'inquiète pas, je vais trouver. Je trouve toujours quand il s'agit de casser des gueules.

– Ha ha ha, je vois bien une gueule que tu pourrais casser pour t'en prendre à moi, mais ça risque d'être tendu.

– *Je dirais même plus, tendu du cul.*

Quoi ? Mais, c'est qui celle-là ?

– *Celle-là ? Dis donc, on n'a pas fait de thérapie ensemble, tu pourrais me parler un peu mieux.*

Mais merde, vous êtes combien là-dedans ?

Allo ? Y a quelqu'un ?

Je vais me poser là. Faut que je me pose cinq minutes. Je suis en train de craquer. Je vois que ça. Je craque.

Pas grave. Ça ira mieux demain. Je rentre chez moi. Je m'occuperai de cet enculé de Bastien demain.

Oh, mais quelle journée. Allez, une bonne nuit de sommeil et tout sera oublié demain. Je serai au taquet pour prendre soin de l'autre nain.

– Bonne nuit.

– *Bonne nuit.*

Ah non ! merde, ça va pas recommencer. Comment voulez-vous que je dorme si vous me parlez ?

– *On te parlait pas, on te souhaitait bonne nuit.*

Ah toi la pucelle, je t'ai pas sonné.

– *Non mais quel macho. D'où tu m'insultes toi ?*

D'où je veux, je suis chez moi.

– *Super réplique. Ça se voit que tu écris tes propres dialogues. Je pourrais te filer un coup de main. Que ça claque un peu plus. On dirait du Lagaf là.*

Ta gueule.

– *OK, OK. Si tu le prends comme ça.*

Je veux dormir. Dormir.

– Tu crois qu'il dort ?

– *M'étonnerait, énervé comme il avait l'air.*

Écoutez, j'ai quarante-neuf ans, quarante-neuf ans. J'ai jamais entendu de voix. D'où ça vient cette histoire. C'est énorme quand même.

Allo ? Vous pourriez répondre non ?

Putain, c'est bien ma veine, j'ai les deux voix les plus connes et désagréables qui soient dans la tête.

– Attends d'avoir entendu Michel.

Merde, y en a encore ? Mais c'est Disneyland là-dedans !

Bon je vais mettre des boules quies. Comme ça, je vais pouvoir dormir tranquille.

...

– Ah, on nous l'avait jamais fait le coup des boules quies.

– *Faut en tenir une couche.*

Oh ! merde.

– Non mais on est dans ta tête, alors tu peux bien te bourrer les oreilles de PQ, ça changera pas grand-chose.

– *Limite, ça changera rien.*

– Oui voilà, limite ça changera rien.

– Laissez tomber, on s'est récupéré le plus gros trou de balle de la ville. Y a rien à gratter avec un crétin pareil.

Michel, j'imagine ?

– « Monsieur Michel » pour les loufiats de merde dans ton genre.

Ah ! c'est fin, c'est plaisant. Vous êtes des hôtes charmants.

– *On t'avait prévenu. Michel, il est moins coulant que nous.*

Bon, vous voulez quoi ?

...

Vous voulez quoi ? Allez, enfin, parlez-moi.

...

Je vais me coucher.

...

– Bonne nuit

– *Bonne nuit*

– Bon débarras.

Ne pas répondre. Dormir. Heureusement que j'ai toujours eu le sommeil facile, sinon jamais j'aurais pu m'endorm...

*

Oh quel cauchemar, quelle horreur. Trois voix dans ma tête, trois fois plus de chances de devenir fou. Une bonne nuit de sommeil et on peut repartir. Première chose : m'occuper de cet enculé de Bastien. M'en vais lui régler son compte. Avant que les trois voix de merde ne reviennent.

– Oh ! t'as le temps, elles seront pas là avant seize heures.

Hein ? Quoi ? Mais c'est qui là encore ?

– C'est l'équipe du matin. Tu crois pas qu'on squatte vingt-quatre heures sur vingt-quatre quand même ? Vu l'ambiance, ce serait des coups à devenir dingue.

Mais, mais c'est délirant ! Vous faites pas les trois-huit quand même.

– Bah, si tu connais mieux fais-nous signe, mais en attendant. De six heures à quatorze heures, c'est moi plus Suzanne et Jacques. De quatorze à vingt-deux heures, cette semaine, c'est les trois que tu connais et de vingt-deux heures à six heures, c'est des nouveaux, je les connais pas.

157

Des nouveaux, des nouveaux quoi ? Des nouveaux quoi !

– Ça, j'ai pas le droit de te dire.

C'est délirant. C'est fou. Et vous êtes là pour quoi ?

– J'ai pas le droit de te dire non plus.

Et vous partez quand ?

– Quand on aura fini.

Fini quoi ?

– J'ai pas le droit…

Ouais, ça va, ta gueule, j'ai compris ! Me voilà avec neuf personnes dans la tête. C'est un truc de fou.

– T'as le sens de la formule parce que c'est exactement ça, ahahaha.

Ta gueule. Neuf personnes qui me chambrent en permanence, ça commence à me faire des bonnes journées. Merde !

– J'en ai autant à ton service, tu sais.

Oui enfin, c'est ma tête quand même, non ?

– Peut-être mais si tu crois que ça me plait d'être bloqué avec une espèce de schizo.

Schizo, schizo, toi-même. Si t'étais pas là, techniquement, je serais pas schizo. Personne t'oblige à être là.

– Mouais.

Faut que j'arrête de me parler, ça va mal finir. Neuf personnes, c'est trop. C'est presque une foule et quand on sait comment se comportent les foules, suffit que l'un de nous décide d'un truc et hop, mouvement de foule.

– Techniquement nous ne sommes que trois. En ce moment.

Et moi, je m'appelle la torche ?

– Ah oui, avec toi ça fait quatre. Mais toi, c'est pas pareil.

Trop aimable. Trop aimable. Comment je vais me sortir de là ? Faut que j'aille voir un spécialiste. Un spécialiste de la schizophrénie. Où je trouve ça moi ?

On verra plus tard, d'abord, je m'occupe de Bastien. Après tout, si je peux plaider la folie et le prouver, j'évite la prison ahahah.

– Ça me parait pas le plan du siècle, quand même.

Mais ton avis, je m'en fous.

– Peut-être, mais ça reste pas le plan le plus solide que j'ai vu, c'est tout ce que je dis. Remate-toi « Vol au-dessus d'un nid de coucou ».

J'ai des voix cinéphiles dans la tête. Peut-être que si je règle son compte à Bastien, les voix disparaitront.

– Ah... je pencherais plutôt pour l'inverse.

Quoi l'inverse ?

– L'inverse, le contraire quoi.

L'inverse ? Si je ne règle pas son compte à ce bon à rien de Bastien, les voix disparaitront ?

– Plutôt oui.

C'est pour ça que vous êtes là ? Neuf pour m'empêcher de dessouder Bastien ?

– Hum, on est plus que neuf en fait.

C'est con que je puisse pas vous faire payer le logement, je deviendrai vite riche. Vous êtes combien ?

– Je crois que j'en ai trop dit.

Bon, je m'en fous, je peux pas ne pas m'occuper de Bastien. C'est le stress qui vous fait parler, dès que je l'aurai buté, je serai détendu, et vous disparaitrez.

– Je...

Ta gueule !

Allez en voiture.

Tout seul pour m'occuper de Bastien, c'est pas idéal. Faudrait être deux.

– Passe prendre ton frangin.

Tiens, je vais passer prendre mon frangin. Il pourra m'aider à le maitriser. Il tiendra Bastien pendant que je lui collerai des tartes dans la gueule. Et quand j'aurai fini, il m'aidera à…

– À quoi ?

Ta gueule !

Ne pas penser.

Ne pas penser.

Ne pas penser...

Sonner chez mon frérot. Attendre qu'il ouvre. Enfin.

– Salut Frangin, si tu savais ce qui m'arrive.

– Calme-toi Bastien.

Ils allaient mourir

Adam et Eve allaient mourir bientôt. Il aurait fallu un miracle pour sauver Adam, soixante ans, de son cancer généralisé. Personne ne savait pourquoi Eve se mourrait, mais les examens étaient limpides, Eve allait mourir bientôt. Cela ferait des beaux titres dans les journaux :

« Adam et Eve se suivent dans la mort ».

« Adam et Eve croquent la pomme ensemble ».

Adam et Eve s'étaient rencontrés, comme beaucoup de couples, à un mariage. Un mariage civil. Adam, aussi athée que pouvait l'être un humain, avait passé la journée à se féliciter de ne pas avoir à supporter les bondieuseries habituelles des mariages religieux. Eve, plus compréhensive, moins énervée de nature, était simplement heureuse de partager le bonheur de ses amis. Et elle le dit à Adam.

Adam, conscient de son égoïsme, se sentit tout petit. Médiocre presque. Mais le regard bienveillant de Eve le bouleversa, le ramena à sa juste taille. Il se sentit non pas grand, mais aussi grand qu'il pouvait l'être et peut-être même un peu plus. Dans ce moment de honte, de gêne et de grandeur, Adam tomba éperdument amoureux d'Eve.

Eve, qui lut dans les yeux d'Adam la transformation, en fut tout d'abord intriguée, puis touchée. Adam entreprit de convaincre Eve qu'ils étaient faits l'un pour l'autre. Heureusement pour Adam, Eve s'en était convaincue toute seule.

Je pourrais vous décrire leur vie, leurs trente ans de vie commune. Car ils se rencontrèrent lorsque Adam avait trente ans et Eve trente-deux ans, eurent deux enfants, qu'ils nommèrent, par réaction peut-être à leurs prénoms, Achille et Pénélope. Enfants qu'ils élevèrent du mieux qu'ils purent, qui grandirent, entourés, aimés et qui, à vingt-cinq et vingt-huit ans avaient pris leur envol. Adam et Eve étaient un couple montré en exemple. « Regardez comme ils s'aiment ! », « Quand même, quelle histoire, avec leurs prénoms », « Ils sont tellement beaux ». Et c'est vrai qu'ils étaient beaux. Tous les deux.

Trente ans de bonheur. Car le bonheur se prend partout et lorsque l'on sait le ramasser au bon moment, tout est possible.

Alors que Eve était en retraite depuis un an, Adam, soixante ans, s'apprêtait à la rejoindre. Ils imaginaient les voyages qu'ils pourraient faire, les endroits à visiter, toute la vie qu'il leur restait à vivre, quand Adam tomba malade.

D'abord, ce ne fut rien, comme c'est souvent le cas lorsque c'est grave. Comme c'est également le cas lorsque ce n'est rien, personne ne s'inquiéta. Puis Adam cracha un peu de sang. Les résultats tombèrent, la chimiothérapie commença, Adam maigrit. Enfin, il s'allongea, sans envie de se relever.

Eve qui suivait le traitement de près, par amour, empathie, osmose peut-être, vivait ce que vivait Adam. Elle se mit à maigrir aussi, abattue par une fatigue extraordinaire. Chaque kilo qu'Adam perdait lui enlevait un peu de vie, de bonheur et d'envie.

Lorsque Adam fut trop faible pour parler, Eve était devenue trop fragile pour manger et il fallait la nourrir par intraveineuse.

Autour d'eux, le constat était aisé : Eve se laissait mourir par amour. Quant à Adam, c'est la maladie qui le tuait.

Au seuil de la mort, Adam demanda à son plus proche ami, une dernière faveur. Léandre s'approcha d'Adam. Léandre avait rencontré Adam et Eve lorsqu'ils cherchaient un prénom pour leur premier enfant. Un prénom dénué de référence religieuse. « Léandre » était apparu et en cherchant à vérifier que le prénom n'était pas trop lourd à porter, ils avaient rencontré Léandre. Qui les avait dissuadés. Le prénom était lourd à porter, mais après tout, cela forge le caractère, mais surtout il était très utilisé à Madagascar et avec une connotation chrétienne assez marquée. Adam et Eve y avaient perdu un prénom, mais gagné un ami. Un ami qui se penchait au-dessus d'Adam, pour recueillir ses dernières volontés.

– Je crois que c'est la fin, murmura Adam.

Et Léandre aurait voulu mentir, rassurer son ami, mais il lui semblait malhonnête de nier la vérité de son état.

Son ami allait mourir. Tous le savaient, tous le sentaient. Écarter d'une boutade cette vérité n'était pas digne d'un ami. Alors il ne dit rien.

– Il y a une dernière chose que je voudrais que tu fasses pour moi.

– Tout ce que tu voudras Adam.

Et Léandre, en prononçant ces mots s'aperçut qu'il les pensait. Il prit aussi conscience de la bêtise d'une telle promesse.

– Je voudrais que tu ailles voir Eve. Et que tu lui dises, que tu lui dises que ...

Adam toussa, émit un bruit disgracieux, mais ne put s'essuyer la bouche, ce que fit, sans un mot, Léandre.

– Que tu lui dises que, si je l'ai aimé, au début, j'allais la quitter de toutes manières.

Léandre, saisi par ces paroles, allait questionner Adam qui reprenait déjà :

– J'allais la quitter le jour de ma retraite, c'était prévu. Tout était prévu. Tu lui diras oui ? Promets-moi que tu lui diras.

Comme seul le silence répondait à Adam, il insista :

– Ah ! mais tu m'as déjà promis. Alors c'est bien. Va. Va et reviens me voir après.

Et il ferma les yeux. Pour son, peut-être dernier sommeil, du moins si l'on en croyait les médecins. Un profond soulagement émanait de lui désormais. Comme s'il s'était déchargé d'un fardeau trop lourd à porter, ou comme si encore, il avait accompli son dernier acte.

Léandre, interdit, n'osait bouger. Il ne pouvait pas aller

voir Eve pour lui dire cela. Impossible. Il n'allait pas, au détour d'une phrase, détruire trente ans d'une magnifique histoire d'amour. Qu'avait voulu dire Adam ? S'ils ne s'aimaient plus, Léandre l'aurait su. Adam ou Eve le lui aurait dit. Les deux lui témoignaient la même confiance aveugle. Il était le confident des deux et n'avait jamais trahi, trompé l'un ou l'autre. Parfois, s'appuyant sur des choses qu'il était seul à savoir, il s'était permis de les influencer, par petites touches, mais parce qu'il savait lui, à quel point ces deux-là s'aimaient.

Ils s'aimaient tellement qu'ils avaient toujours peur de pas être assez bien pour l'autre, de ne pas mériter l'amour de l'autre, de ne pas le ou la rendre assez heureux ou heureuse. Trente ans d'amour et de bonheur, discontinus forcément, comme tout bonheur, les laissaient encore avec l'envie de faire passer le bonheur de l'autre avant le sien.

Léandre se rendit dans la chambre de Eve, non loin. Il n'avait pas pris de décision. La promesse, faite à un mourant, c'était quelque chose tout de même. Il cherchait à comprendre comment on peut donner la priorité aux volontés d'un mort sur celles d'un vivant. Car seuls les vivants comptaient en réalité. Et pourtant, il sentait qu'il aurait du mal, beaucoup de mal à ne pas tenir sa promesse. Il entra dans la chambre d'Eve, la regarda dormir, si maigre, si faible et pourtant si belle. Eve portait bien son nom, car personne ne peut imaginer que la première femme, si elle avait existé, eut pu être laide sous quelque forme que ce soit. Et Eve était belle, supérieurement belle tant à l'extérieur qu'à l'intérieur. Léandre était amoureux depuis sa première rencontre avec Eve. Sa vue l'avait frappé au cœur d'un triple uppercut et l'avait mis KO pour la vie : le premier en découvrant son physique, le deuxième lorsqu'elle parla et qu'il comprit, instantanément toute la richesse qu'elle portait en elle, et le troisième, quand il surprit le regard qu'elle lança à Adam.

Léandre avait pourtant mit ses pas dans les pas de ce couple atypique, sans espoir malsain, sans autre but que de partager la vie de personnes si saines et si belles.

Et voilà qu'à l'aune du grand saut, Adam lui demandait de détruire tout cela. Impossible.

Eve ouvrit les yeux, alertée peut-être par la tension qui se dégageait de Léandre. Elle lui sourit, comme elle souriait d'une manière générale à la vie. Elle avait toujours sourit d'abord, pris en compte les problèmes ensuite et sourit de nouveau. Parfois, la vie était chienne et le sourire d'Eve disparaissait pour revenir encore et toujours.

Eve sourit et Léandre lui sourit en retour.

– Tu vas bien Léandre ?

Voilà bien Eve, songea Léandre. Sur son lit de mort, elle demandait aux autres comment ils allaient. Léandre n'allait pas bien, mais que pouvait-il lui dire.

– Très bien ma chère, très bien.

– Alors je suis contente. Je vais pouvoir partir en paix.

Elle reprit sa respiration.

– J'ai pourtant une dernière chose à te demander. Un grand service.

Léandre qui en était encore à tourner les mots d'Adam dans sa tête, accueillit ce nouveau message comme une porte de sortie.

– Mais tu dois me promettre de faire ce que je te demanderai.

Allons, voilà que ça recommençait. Léandre était au fait du danger de dire oui, mais il n'avait jamais su dire non à Eve :

– Oui bien sûr Eve, tout ce que tu voudras.

– Je voudrais que tu dises à Adam que, que j'allais refaire ma vie.

Léandre n'en croyait pas ses oreilles.

– Oui, je voudrais que tu lui dises cela.

Ces trente ans n'avaient été qu'un leurre ? Il avait admiré un couple qui se trompait, se mentait ? Il ne pouvait pas y croire. Il ne voulait pas y croire.

– Tu lui diras ?

Mais encore une fois Léandre dit :

– Oui bien sûr, tout ce que tu voudras Eve.

Alors elle ferma les yeux et soupira en murmurant « Dis-lui que je refais ma vie. Dis-lui que tout ira bien ».

Alors Léandre comprit tout et l'émotion fut si forte qu'il ne put retenir ses larmes, lui qui s'était juré de ne pas pleurer devant eux, de ne pas ajouter sa peine à leur souffrance.

Après trente ans à s'aimer, sans relâche, aux portes de la mort, surement abrutis par la fatigue, déboussolés par les médicaments, la douleur et la maladie, chacun voulait faire croire à l'autre que son départ ne lui couterait rien. Ils étaient prêts à sacrifier le passé, leurs souvenirs de trente ans pour que le survivant puisse profiter de quelques instants sinon de bonheur, de légèreté.

Léandre comprenait bien que, lucides, Adam et Eve auraient réalisé l'absurdité de leur démarche, qu'ils risquaient de se faire du mal à détruire ce qui leur restait. Mais quelle magnifique preuve d'amour que, dans la douleur et la mort, de penser d'abord à l'autre.

Alors Léandre fit ce qu'il ne faisait jamais, lui si effacé, si discret. Il remua l'hôpital de fond en comble, argumenta, discuta, invectiva. Il avança même de manière menaçante vers un interne, le collant au mur du haut de son mètre soixante-cinq. Cela lui prit longtemps, mais vers vingt-trois heures, il tint sa promesse, enfin, ce qui était sa compréhension de ce que chacun lui avait demandé. Un interne apporta un grand lit dans la chambre d'Adam tandis qu'un autre interne amenait Eve.

Léandre s'était penché à l'oreille de Eve et lui avait murmuré « J'ai tout dit à Adam ». S'approchant d'Adam, il avait susurré « Eve sait tout ».

Ils portèrent Adam dans le grand lit, puis, avec toutes les précautions dont ils furent capables, Eve dans les bras d'Adam.

Les larmes d'Adam et Eve furent leur dernier message au monde. Leurs larmes et leur sourire car, dès qu'ils furent dans les bras l'un de l'autre, ils retrouvèrent spontanément leur position et, rayonnants, ne semblèrent plus faire qu'un.

Ils moururent en pleurant de bonheur et aujourd'hui encore, Léandre, qui n'a jamais connu l'amour peut dire qu'il l'a pourtant bien vu.

Postface

Pourquoi écrire des nouvelles ? Parce qu'une nouvelle, c'est rapide, percutant mais ça n'empêche pas, bizarrement, de prendre son temps comme je l'espère quelques-unes de ces nouvelles le prouvent.

Pour l'écrivain, c'est un superbe exercice qui permet de s'amuser, de progresser, de toucher à des styles, des genres différents, d'inventer de nouveaux personnages, d'imaginer d'autres situations.

Pour le lecteur, c'est la promesse d'un voyage surprenant. Beaucoup d'arrêts, rapprochés, avec toujours une surprise sur la destination.

Pour les lecteurs curieux du processus de création, voici quelques notes sur la genèse de chaque nouvelle qui ont été prépubliées sur mon site et sur wattpad.

La dent

Un ami m'a dit un jour que j'aurais pu appeler ces nouvelles « La dépression dérisoire ». Car souvent, les situations partent de rien, ou d'un détail ridicule. Pour cette nouvelle, la première que j'ai écrite, je voulais juste créer un enchainement de situations, absurdes, qui amène à l'inévitable. Ce n'est pas vraiment sérieux, mais au final, cela reste désespérant, qu'une vie puisse partir en sucette pour si peu. Nos faiblesses ne sont pas toujours visibles.

L'écrivain qui n'écrivait rien

Le syndrome de la page blanche n'est pas nouveau, mais à l'heure des réseaux sociaux, des sollicitations en tous genres, se mettre à écrire est un acte compliqué. Ou alors il s'agit de la forêt qui masque l'arbre en dessous duquel on peut écrire au calme.

Une météo particulière

OK, avec ce genre de nouvelle, mes amis commencent à s'inquiéter quant à mon état de santé mentale. C'est vrai que je n'aime pas parler de la météo, mais je n'en suis pas encore à faire le bal dans les boulangeries ou ailleurs. Je reste fasciné par le petit truc, la petite phrase, le petit détail qui fait craquer les gens autour de nous.

Un enfant de l'amour

Première nouvelle un peu plus lente, un peu plus posée. Certains lecteurs ont cru que je me calmais, que j'allais moins dans le noir. Jusqu'à la chute... Et c'est vrai que c'est agréable de prendre un personnage, de lui faire faire un bout de chemin et d'emmener le lecteur avec. Au-delà du style, je me demande souvent jusqu'où sont prêts à aller les gens lorsqu'il s'agit d'enfant.

Un mal de chien

L'idée est toute bête, a déjà dû être traitée plusieurs fois : un homme qui se trouve dans la peau d'un chien. Mais encore une fois, je voulais faire vivre un enfer à ce type qui déteste les chiens, aime les faire souffrir et se moquer de leurs propriétaires. J'ai joué sur les situations tordues, les personnages alambiqués et au final, ça fonctionne plutôt pas mal. Une des nouvelles préférées lors de la prépublication.

Son héros

Cette histoire est plus calme, mais peut-être plus noire que toutes les autres. Nous sommes plus de sept milliards, nous ne pouvons pas tous réagir de la même manière face au danger. Mais surtout nous ne savons pas, jamais, comment nous réagirons. Je suis obsédé par cette idée que face à la mort, aucun ne se comporte comme il l'avait prévu.

La greffe

Cette nouvelle est partie d'une phrase de mon premier roman « J'avais autant envie de lui demander un service que de me greffer une couille sur le nez, mais il me fallait l'argent ». Une phrase stupide mais qui m'avait fait rire. Alors que je réfléchissais à ce que j'allais écrire, la phrase m'est revenue et j'en ai fait une nouvelle. Une nouvelle écrite presque intégralement en marchant. Ma mémoire est pourtant assez mauvaise mais en rentrant chez moi, je n'ai eu qu'à recopier. Avec la première apparition d'un personnage récurrent : le docteur barjeot. Il reviendra dans le volume 2.

Un dernier espoir

J'ai laissé pas mal de lecteurs sur le bord de la route avec cette nouvelle. Pourtant, l'idée d'avoir à se tuer pour survivre me paraissait intéressante. J'ai peut-être raté le traitement, mais quand je la relis, je ne regrette pas. Dans tous les cas, c'est l'avantage de publier une nouvelle par semaine, la semaine suivante amène des surprises et on ne reste pas longtemps sur sa déception.

Le goût de la vie

Clairement, la nouvelle la plus appréciée avec « la dent » et « un mal de chien ». Et personne n'a vu venir la fin : ce dernier mot qui change toute l'histoire. C'est parti d'une envie simple : prendre le contrepied d'une histoire classique. J'ai raconté une histoire normale, sur un ton posé, qui convenait bien et la chute démultiplie le truc. Pour le coup, une réussite de l'avis générale.

Une drôle d'odeur

J'ai écrit cette nouvelle en marchant et en entrant dans quelques bistrots. Une des deux nouvelles exclusives non publiées en ligne. Je la trouve profondément pathétique, foncièrement noire mais je ne suis pas persuadé que ce sera l'avis de tous les lecteurs. J'ai hésité à laisser la fin en suspens, sans explication. J'aime bien laisser une certaine frustration, mais cela ne fonctionne pas toujours.

De vrais jumeaux

Je note souvent des idées. Tous les jours en fait. En relisant mes notes, je tombe sur : « deux jumeaux : un grossit, l'autre maigrit ». L'idée qu'ils se mangeraient l'un l'autre n'est venue qu'en écrivant.

Ridicule

Deuxième bonus de ce recueil, en exclusivité, une histoire un peu déjantée d'un type qui s'énerve pour un oui ou pour un non. J'y ai pensé dans le train en regardant les gens, certains prendre sur eux pour des détails. La nouvelle est un peu moins noire que le reste mais, si l'on pense à la vie de ce personnage, au moins aussi pathétique.

Le sourieur

Après le 13 novembre, je suis resté dix jours sans écrire. Je n'ai pas lutté. J'avais envie d'écrire, mais je ne pensais qu'aux attentats et je ne voulais pas écrire sur le sujet et encore moins publier dessus. Profiter des évènements pour se promouvoir est tout simplement indécent. Mais je voulais que la nouvelle qui serait publiée après ne sonne pas comme les autres. Pas aussi noires ou sans espoir. Alors j'ai écrit cette nouvelle le 24 novembre au soir. D'un jet, comme presque toutes les nouvelles.

Le brouillon

J'ai eu l'idée de cette nouvelle à un enterrement. Il y avait un enfant d'une laideur incroyable, frappante. Je l'observais en pensant qu'il était totalement raté. Je ne le connaissais pas mais lorsqu'il est venu me dire au revoir, j'ai été frappé par sa douceur, sa gentillesse, sa politesse. Je n'ai aucune idée de ce que ressent ce gamin par rapport à sa laideur. J'espère qu'il s'en sort mieux que mon personnage. Cette idée de brouillon m'est venue en le regardant, j'ai vraiment pensé « on dirait un brouillon ».

S'il n'en reste qu'un

J'aime jouer avec l'absurde. Démarrer sur rien, juste une phrase, ou une situation ridicule. Comme ici, ce type qui entend une voix, puis deux, puis plein et qui, conscient qu'il devient fou, ne sait pas comment s'en sortir. Ces voix qui font les trois-huit dans sa tête sont venues en écrivant et la conclusion également. Ces nouvelles noires permettent un peu tous les styles, mais la conclusion nous ramène souvent dans une certaine détresse.

Ils allaient mourir

Je voulais terminer sur une belle histoire. Une histoire triste, forcément, pour rester dans le thème, mais une belle histoire malgré tout. Initialement, c'était vraiment noir, le couple se mentait vraiment et les deux survivaient. Comment allaient-ils surmonter l'épreuve, la trahison ? Mais en écrivant, l'aspect polar a disparu pour laisser la place à cette histoire de deux vieux qui s'aiment plus que tout et qui, pour offrir quelques secondes de bonheur à l'autre, sont encore prêts à tout.

Remerciements

Un grand merci à Nelly qui a relu avec attention la plupart de ces nouvelles pour en supprimer les fautes. S'il en survit, c'est de ma faute.

Merci à Philippe pour son enthousiasme et sa persistante fidélité.

Merci à Charly, Anthony, Sémi, Lucien et Michael, lecteurs hebdomadaires et plus encore.

Merci à Jeanne qui lit, apprécie ces nouvelles sur wattpad toutes les semaines et me l'a écrit. Merci à Morine dont l'enthousiasme répété me fait chaud au cœur. Merci aussi à la communauté de wattpad, premiers lecteurs, premiers retours.

Et merci à Yoann, nouveau quadragénaire.

À propos de l'auteur

Serial Écrivain. Roman noir, nouvelles noires, essais acides sur les robots, les objets connectés, je touche à tout. Parfois très drôle, toujours très noirs.

Du même auteur

2018 – Humain, Nouvelles noires pour se rire du désespoir Volume 3

2018 – Le Best of des Refaits Divers *avec Antony Foret*

2017 – Les sous-hommes connectés, *Éditions NL*

2017 – Le goût de la haine, *Éditions NL*

2017 – Un monde meilleur, Nouvelles noires pour se rire du désespoir Volume 2

2016 – Mon collègue est un robot, *Gallimard, Alternatives*

2015 – Une tarte dans la gueule

2014 – Le marketing (sans s'emmerder), *Maxima*

À paraitre

Quelque part en 2019, Blédard l'avocat aperçu dans « Une tarte dans la gueule » reviendra. Pour le premier tome d'une trilogie.

Et en attendant le volume 4 des nouvelles noires, retrouvez des nouveautés sur :

www.valerybonneau.com